「こういう雰囲気、やっぱり好き」
セレスティーナ
侯爵家の次女として
生まれた少女。
薬師として困っている人を
放っておけない。

「……」
メアリー
教会のシスター。
面倒見がよく子供たちに好かれている。

太陽神アポロージュスの像
「すげーだろ！
憧れるよな！」
ミゲル
教会に住む元気な男の子。
セレスを見て
薬師に興味を持つ。

ジークフリード
国王兼、冒険者。
事件に巻き込まれる
セレスが心配。
「ジークさん、これ見てください！」

侯爵家の次女は姿を隠す
3
家族に忘れられた元令嬢は、薬師となってスローライフを謳歌する
[著]中村 猫
[ill.]ココユコム

Marquise's daughter
becomes a pharmacist and
lives the slow life

Contents

序章

紙がめくれる音だけが響く部屋の中で、銀の髪と深い青色の瞳を持つ幼い少女が、年上の少年をじっと見つめていた。

少女の視線に気付いた少年は、ただ見つめるだけで何も言わない少女の頬をむぎゅっと摑《つか》んだ。

「いひゃい」

「無言で人を見続けるからだ。用件を言え」

少年が読んでいた本を閉じると、もう一人の少女も本を閉じて銀髪の少女の方を見た。

この部屋にいるのは三人。同じ年齢くらいの少年と少女、それから頬をむぎゅっとされた年下の少女。

「アリス、どうしたの？　ジョセフ様が気に入らなかったの？」

「おい、フランソワーズ、何だそれは。別に何もしていないだろうが」

ジョセフは、ただ本を読んでいただけだ。それはフランソワーズと一緒だ。特にちょっかいを出したわけでもないのに、なぜアリスの気に入らないという話になるのだ。

だが、アリスはフランソワーズの言葉にちょっと考え込んだ後、こくん、と頷《うなず》いた。

「あら？　あらあら？　おほほほほ、本当に貴方《あなた》のことが気にいらなかったようよ」

楽しそうに笑うフランソワーズとは対照的に、ジョセフは憮然《ぶぜん》とした顔をした。

「アリス、何が気に入らなかったんだ？　怒らないから正直に言いなさい」

「……彼は似てないの」

「は？　何が？」

「貴方とあの子。貴方の血を引いているのに、あの子は全然似てないの。血が繫《つな》がっていたら、姿形は似るものじゃないの？」

この場には三人しかいないので、ジョセフには、自分に似ていない子の心当りが全くないが、アリスが言うのならばその子は似ていないのだろう。

アリスの言い方から察するに、その子は自分の息子か孫か、といったところか。だとすると、婚約者であるフランソワーズに似たのだろうかとも思ったが、アリスが何も言わないのならフランソワーズにも似ていないのだろう。

「そうだな、血が繫がっているからといって、似るとは限らない。たとえば先祖の血が濃く出れば、何代か前の方によく似ていたり、ということもある」

「先祖……」

アリスはチラリと壁を見た。そこには、黒い髪の青年と銀の髪の女性が描かれた絵が飾ってあった。

アリスが視《み》た青年は、ジョセフではなくこの青年にそっくりだった。

「……ん、お姉様の相手に似てる。太陽神様が悪い」

「なぜそうなる？　今の話のどこに太陽神が関わっていた？」

「お母様が、きっとまた怒る」

「そうか。で、どうして俺が気に入らないんだ」

「だって、似てないもの」

「意味が分からん」

アリスの母君が関わっているのならしょうがない。太陽神が怒られることでもしたのだろう。

ジョセフは、神々とアリスはよく分からん、と言いながら彼女の頭を撫《な》でた。

「まぁ、ジョセフ様だけずるいわ。わたくしも撫でさせて」

ジョセフとフランソワーズに頭を撫でられたアリスは、そっと目を閉じた。

こんな日がずっと続けばいいな、と願いながら。

第一章　月の聖女と王

「母上、聞きたいことがあります」

隠居して離宮でのんびり暮らしている母のもとを突然訪れた息子は、何の前触れもなくそう切り出した。

「あらあら、急ぎかしら？」

「ええ、あ、これお土産《みやげ》です。少し前にセレスと旅行に行ったので」

「……まだ、お嫁さんに出す気はないわよ？」

「俺より条件の良い男はいませんよ」

自分が礼儀作法をみっちり仕込み、どこに出しても恥ずかしくない立派な淑女に育てた養い子とも言うべき娘の名前をさらっと出されたので、王太后は息子に釘《くぎ》を刺すことを忘れなかった。だが、息子も息子で引く気はないようだ。

「……仕方ないわね。でもあの子の意思を無視してはいけないわよ。あの子は『ウィンダリアの雪《せっ》月花《げっか》』ですもの」

「分かっていますよ。先日も赤水病《せきすいびょう》が流行《はや》っている花街に乗り込んでいって薬を作っていましたが、止めませんでしたよ」

本当は、危険な場所からは遠ざかってほしかったが、セレスが薬師として花街に留《とど》まるという選択肢をしたのだ。王としていえば、それはすごく助かった。あの場に医師と薬師がいたおかげで、あれ以上の拡大を防げた。病に対する的確な判断とその場で作る薬の数々は、流行病を止めるのに大いに役立った。

「聞いているわ。セレスも無茶をするわね。それに貴方《あなた》もあちらに行ったそうね。貴方に病が移ることはないと思ってはいたけれど、全員無事だと聞いてほっとしたわ」

ジークフリードはともかく、セレスが無事でいるという保証は何もなかった。

そもそも聖女たちは、短命で身体《からだ》が弱い者も多いのだ。

王太后の脳裏に浮かぶのは、すぐに風邪を引いては寝込んでいた少女。

セレスも幼い頃は高熱を出すことが多かったので、いつ儚《はかな》くなってしまうのか心配でしょうがなかった。成長するにつれて、セレスが寝込むこともなくなっていたので大丈夫だろうとは思っていたが、出来ればあまり無茶なことはしないでほしい。

幼くして逝ったあの子の分まで、元気に生きてほしいと願っている。

「そのことで聞きたいことがあります。母上、正直に答えて下さい。昔、宝探しに使った『銀』と書かれた紙、あれはどこで手に入れられたのですか？」

アヤトの記憶が戻ると同時に、ジークフリードもあの時の記憶を思い出した。

今が、あの女性の言っていた赤水病騒動で遅くなってしまったが、「必要な時」というやつらしい。今日は母にあの時のことを聞くために離宮を訪れたのだ。

「あの紙は預かり物なの。先代の聖女からの」

「先代、というと曽《ひい》お祖父《じい》さんが夢中になっていたという?」

ウィンダリア侯爵家に生まれる月の聖女。

セレスの前は、ジークフリードの曽祖父が捕まえたという女性のはずだ。彼女も若くして亡くなっているので、今生きている人の中で直接会ったことのある人はもういないはずだ。

「違うわ。あの方とセレスの間にもう一人いたの。彼女はわずか十歳で亡くなってしまったけれど。わたくしや貴方のお父様の幼なじみで、この離宮で育てられた、ウィンダリア侯爵家の知らない聖女がいたの」

「……初耳です」

「当り前よ。早世したということもあったけれど、彼女のことはごく一部の人間だけが知っていた秘密だったもの。王家がウィンダリア侯爵家から隠し通した特殊な聖女だったのよ」

そっと目を伏せた王太后の脳裏に、かつて一緒に育てられた幼い少女の姿が浮かんだ。顔立ちこそセレスとは似ていないけれど、同じ聖女だけあってその瞳や髪の色はそっくりだった。

「彼女……アリスはウィンダリア侯爵家の中でも末端の末端、ウィンダリアの名さえ持たず、本家と距離を置いて王宮に文官として勤めていた方と、ここで隠居なさっていた当時の王太后様の侍女をしていた女性との間に生まれた子だったわ」

隠居生活をおくる王太后の離宮は、基本的に静かでのんびりとした空気に包まれている。その中で生まれた、誰も気が付かなかった小さな恋。

「侍女の方は男爵家の娘だったけれど、離宮勤めをしている頃にはもう身内もいなくて……でも王太后様に可愛《かわい》がられていた方だったらしいわ。文官の方は生まれつき身体が弱い方だったらしくて、残念ながらアリスがお腹《なか》に宿った頃に急な病で亡くなったの。二人は秘密裏に付き合っていたから誰もそのことを知らなくて、侍女の方は恋人が亡くなった精神的なショックで倒れた時に、子供を身ごもっていることに気が付いたそうよ」

その辺りは、当時の王太后に詳しく聞いていた。生まれた時より王の婚約者、将来の王妃として育てられていたので、知るべき秘密として教えられたのだ。

「身内もおらず、恋人も亡くなっていた彼女に、この離宮で子供を産んで育てるように言ったのは当時の王太后様。恋人の両親にも会ったことがなかった侍女は、その申し出に感謝をしてここで産むことにしたそうよ。お腹に宿っている子が『ウィンダリアの雪月花』だなんて誰も思っていなくて、少し年配者の多かったこの離宮が赤ん坊の声で明るくなれば、という思いだったそうよ。ただ、侍女の方も少し身体が弱かった上に恋人の死でさらに弱ってしまい、アリスが生まれると同時に亡くなったそうよ」

母の命と引き換えに生まれた子供は、両親の身体の弱さを受け継いだように弱々しく、その泣き声は儚く無事に育つのかどうかさえも怪しかった。そのため、赤ん坊の内は必ず誰かが一緒の部屋で寝ては、夜中に付きっきりで面倒を見ていたそうだ。それは王太后も例外ではなく、むしろ率先して赤ん坊の面倒を見ていたのが王太后だった。

アリスと名付けられた少女が次第にはっきり目を開けるようになって、離宮の者たちはようやく彼女が銀の髪に深い青の瞳という『ウィンダリアの雪月花』の特徴を持っていることに気が付いた。

「父親の血筋を詳しく調べたら、ウィンダリア侯爵家の分家のまた分家の、遠すぎるけれど細々としたウィンダリア家の血脈の持ち主であったことが分かったの。王太后様はアリスの存在が、離宮の人間以外、誰も知られていなかったのをいいことに、秘密裏に育てることにして、表向きは孤児を引き取ったことにしたそうよ。わたくしや貴方のお父様とはこの離宮で会っていたのだけれど、アリスはどこか浮世離れした感じの優しい娘だったわ。でも月の聖女として、アリスは強い予知能力を持っていたの」

アリスの予知はいつも突然すぎて、言われた時は何を言っているのか分からないことが多かった。自然災害などは、詳しく聞けば周りの風景などから季節や場所などを何となく特定出来たのだが、人物に関しては、本人の語彙《ごい》が少ないせいもあって、全く分からなかった。

なにせ、勉強している時にいきなり「町中があの子の初デートなの？」と言ったり、人の顔をじっと見ながら「彼は似てないの」とか言われても意味が分からない。

けれど、年月を経ていざその時が来たら、予言の意味は理解出来た。

王太后は、初代の聖女と出会った、当時の王によく似ている息子をじっと見た。確かに彼は、アリスの言った通り父親には似ていない。初代の聖女と出会った王にそっくりだ。

アリスは、いつだって未来をその目で視《み》ていたのだ。

弱く儚い外見と語られる予言の数々。

未来を視ていたアリスは、自分の命の刻限というものもきっと知っていた。

「ある日、アリスがわたくしに紙を渡して言ったの。これは選別の紙よ、って。アリスの次に生まれてくる『ウィンダリアの雪月花』は正真正銘、最後の聖女。ウィンダリア家の血脈に縛られた聖女の運命を、切って捨てることが出来る娘だそうよ。『ウィンダリアの雪月花』が生まれてくるのは次で最後。彼女がウィンダリア家から逃れられるかどうかで、次の代の月の聖女が生まれるかどうかが決まると言っていたわ。たとえ次の代の聖女が生まれてきたとしても、それは『ウィンダリアの雪月花』とは全く違う形で生まれてくるのですって」

遠い昔、初代の月の聖女がウィンダリア侯爵家の血に繋《つな》がれた。

代々の聖女たちは、本来なら同じ一族に何度も生まれない定めだったのに、ウィンダリア家の血に聖女の血が繋がれてしまったがゆえにその定めが歪《ゆが》み、ずっとウィンダリア家にのみ生まれてきてしまった。

その代償が聖女たちの寿命だ。聖女たちがどれほど静かに穏やかに生きようとしても極端に若くして亡くなるのは、歪みの代償の為《ため》だ。

彼女たちの記憶の一部は受け継がれ、代々の聖女たちはこの血から逃れるために少しずつ歪みを正していったのだ。

そして生まれた最後の『ウィンダリアの雪月花』は、ウィンダリア侯爵家の本家の血を引きながら、今までの聖女たちの記憶を持たない解放された娘。

アリスが視た未来で、ようやく自由を取り戻した本来の月の女神の愛娘《まなむすめ》の姿。

「あの銀の紙を持つ資格は、ウィンダリア侯爵家の血を引いていないことよ。ウィンダリア家だって古い血筋ではあるし、いくら閉鎖的だったとはいえ、多少なりとも他家との婚姻による血の繋がりはあるわ。でもアリスは、ウィンダリア家の血を引いていないことが条件になる、そう言っていたわね。あの日、あの場所に子供たちを集めることがアリスとした約束だったの。……わたくしもひどい母親よね。あの場所に来ていた子供たちの中から月の女神の祝福を授かる者が出てくる、そう分かっていたのにフィルバートには黙っていたの」

「……仕方がないのでは？　あの時、兄さんはもう子供じゃありませんでした」

「そうね。でもあの紙を渡せばきっと祝福を受けられた。でもわたくしは、それをしなかった」

アリスならきっと許してくれたと思うのに、それは出来なかった。

限られた枚数の選別の紙を息子に使うことは、どうしても出来なかった。

これ以上、聖女の定めを歪めれば、今度は王国そのものの運命さえも変えてしまうかもしれない、そう思うと王妃として息子の命を最優先にすることは出来なかった。聖女たちが自らの命と引き換えに受けてくれていた歪みを、王家がさらに歪ませるわけにはいかなかった。

その結果、上の息子が亡くなってしまったが、後悔はしていない。

「母上、そのアリス嬢ですが……いえ、王家と月の聖女、そしてウィンダリア侯爵家、どうも母上のお話を聞いていると伝説とは多少違うように思えるのですが……」

母の話を聞いていると、ウィンダリア侯爵家が歪みとやらの元凶に思えて仕方ない。

伝説では、初代の月の聖女と当時のウィンダリア侯爵は愛し合っていて、横恋慕したのが国王のはずだ。

「伝説はあくまで伝説よ。誰かに都合の良いように作られた物語にしかすぎないの。わたくしがアリスから聞いた話は、全く違うわ。アリスは次の代の聖女であるセレスティーナが、聖女としての記憶を全く持たずに生まれてくることを知っていたから、自分の持つ記憶をわたくしに色々と教えてくれたのよ。日記も残してくれたから、後で貴方に渡すわ。ジークフリード、わたくしがアリスに聞いた話によれば、惹《ひ》かれ合っていたのは国王と月の聖女。結果的に聖女を奪ってしまったのがウィンダリア侯爵よ」

◆

それはまだ、神々と地上の人々との距離が近かった頃の話だった。

「死にたかったのですか？」

ありとあらゆる病に効くと言われる雪月花の花を求めて雪山に突入して意識を失ったはずだったのだが、目を開けるとこの世の者とも思えない美しい女性と目が合った。

「……君は女神……？　あぁ、だとしたら俺は死んだのか？　君が迎えに来てくれたのか……地獄に行く前の最後のご褒美《ほうび》かな……？」

うっとりとした口調でそう言った青年を、女性は思いっきり叩《たた》いた。

「いっ！　痛い」

「あら、よかったですわね。貴方様が生きている証拠ですわ。わたくしが守護するこの場所で、そう簡単に死んでくださいますな。穢《けが》れは歪みを生み、それはやがて運命さえも変えてしまうのですよ。ただでさえ最近は戦争ばかりで、この世界全体の歪みがひどくなってきているのです。その中でこうしてせっせと浄化して歪みを正しているのに、聖地を穢されたら非常に面倒ではないですか、主にわたくしが」

助けたのは自分の都合だときっぱり言い切った女性は、見惚《みと》れるくらい格好良かった。

「あー、それはすまなかった。死ぬつもりはなかったんだが」

「真冬の雪山に突入したら、ほとんどの生物は死に絶えますね。まして今夜は吹雪です。どうがんばっても明日の朝には、氷の像が出来上がっていたでしょう」

この状況で氷の像になっていたら、間違いなく死んでいただろう。死んだら終わりだ。この国も、自分をかばって毒を受けた友人も。

そう思った瞬間に、自分がなぜこの山に来たのかを思い出し、がばっと起き上がった。

「そうだ！　ディオンの毒！」

「……落ち着いてくださいませ。そのディオン様とやらが毒で死ぬ前に、貴方様が亡くなりますわ。先に意識を取り戻した従者の方に、だいたいの事情をお伺いしました。宿にいたディオン様は、今この神殿にお連れして治療を受けていただいています。幸い、ここにある薬で何とかなる毒でしたので、命を落とされることはありません」

女性の言葉に青年は、ほっとした顔をした。

友人のディオンが彼をかばって毒矢を受けたのだが、その毒は隣国でも珍しい毒で解毒剤がすぐに手に入らないと言って、医者たちはさじを投げたのだ。幸い、今いるこの地には全ての病を治すと言われている雪月花の花がある。あらゆる病を治せるのなら毒にだって効くはずだ、そう思って雪月花の花を取りに月の女神の聖地とされる雪山に入り込んだのだ。

「無謀すぎです。貴方様のお考え通り、雪月花の花はこの世にある全ての毒の解毒剤にもなり得ます。ですが、そもそも雪月花の花が咲くのは満月の晩のみです。今宵《こよい》はまだ満月ではありませんから完全なる無駄足ですし、雪月花の花を見つけることができるのは月の聖女のみ。そう女神セレーネ様がお決めになりました」

「……なら俺のやったことは？」

「……無謀で無駄なことです。……ですが、そのおかげで貴方様はわたくしのもとにいらっしゃいました。ディオン様も救うことが出来ます。雪月花の花を求めるのは無駄なことでしたが、目的が果たせたのは貴方様が行動を起こしたからです」

雪月花の花のことをよく調べもせずに雪山に突入したことに対して青年は落ち込んだが、女性にそう言われてすぐに復活をした。

「うん、そうだな。結果的には、良かったってことだ。改めて、俺たちを救ってくれてありがとう。俺はアレクサンドロス、君は？」

「……アレクサンドロス様、ですか。最近話題のこの国の新しい王様と同じお名前ですね」

「あ、俺、本人だから。嘘《うそ》じゃないよ。命の恩人にそんな嘘はつかない」

「出来ればそこはわたくしの平穏のためにも、嘘をついていただきたかったですわ。どうしてよりにもよって雪山に突っ込んだ方が、この国の王様なんですか。世間知らずのわたくしでも、貴方様に今何事かあればこの国が混乱することは分かります。それにもし聖地で貴方様が亡くなっていたら、国の要の血で穢された聖地を浄化するのに、時間と手間がかかって仕方ありませんでした」

あくまで女性は、自分の手間暇についてめんどくさがっている。

それはアレクサンドロスにとって、初めての経験だった。

王位に就く前は、王太子として、周りは全てその地位目当ての女性ばかりだったし、王位に就くために結婚した相手は、あくまでも政略結婚だったので、今まで国王だと知ってなおこんな態度を取る相手は初めてだった。

「えーっと、それは本当に申し訳なかった。反省して、次回から気を付けます」

「本当にそうしてくださいませ。他のどこかの地で貴方様が亡くなっても問題はありませんが、ここではダメです。ここは月の女神セレーネ様の聖地ですから。わたくしは、月の神殿に住まう者でエレノアと申します。女神セレーネ様の娘でもあります」

ようやく名前を教えてくれた女性は、同時に月の女神の娘だと名乗った。

アレクサンドロスの方こそ「嘘だろ？」と言いたくなったが、エレノアの持つ神秘的な銀の髪と深い青の瞳がその言葉を真実だと教えてくれている。

それと同時に太陽神の巫女《みこ》であった母の血が、月の女神の娘に会えて喜んでいる。

神話の時代、太陽神は月の女神に恋い焦がれ、幾度となく求愛をしていたのだという。

歓喜に震える血に気が付いたのか、エレノアがじーっとアレクサンドロスの方を見つめた。

「失礼ですが、お身内の方に太陽神様に縁のある方がいらっしゃいますか？」

「母が太陽神の巫女だった。エレノア、月の女神の娘。貴女《あなた》に会えて嬉《うれ》しいよ」

心の底からにっこり微笑《ほほえ》んだアレクサンドロスとは正反対に、エレノアはあからさまにがっくりとした。

「あぁ、だから貴方様には太陽神様の祝福があるのですね……お母様、申し訳ありません。あれほど関わるなと言われた太陽神様に縁ある方に、エレノアは関わってしまいました。がんばって縁切りをしたいと思いますので、今しばらく猶予をくださいませ」

「ちょっと待ってくれ！　せっかく会えたのに、すぐに縁を切るとか言わないでくれ！」

焦るアレクサンドロスを見て、エレノアはさらにがっくりと落ち込んでいった。

◆

苦しみから解放されてゆっくり目を開けると、そこには友人であり彼の主《あるじ》である青年がほっとした顔を彼に向けていた。

「……ア、レク」

たった三文字を呟《つぶや》いただけで、咳《せき》が出た。口の中がからからで、うまくしゃべれない。

「ゆっくり水を飲むんだ。焦らなくていい。もう毒は抜けていて大丈夫だそうだから、後は身体を治してくれ。お前のおかげで俺は無事だったよ。ありがとう」

「……よ、よかった」

アレクサンドロスが無事でよかった。彼の大切な主。アレクサンドロスの邪魔になることは、全て自分が引き受ける。だから、何としても無事でいてほしかった。そんなほっとした思いと共に、再びディオンは眠りについた。

「……無事も何も、貴方様も死にかけましたが」

「お願いだからそれは言わないでくれ、エレノア」

アレクサンドロスと共にディオンの様子を見に来ていたエレノアの言葉が、ぐさぐさと心に突き刺さる。

毒矢を受けたディオンを救いたくてこの場所に来たことを後悔はしていないが、雪山に突入して死にかけたことをディオンが知ったら落ち込んでしまうので、出来れば内緒にして欲しい。

「結果的にお二方ともご無事でしたから良かったものの、もうこんな無茶はお止《や》めくださいね」

「了解した。エレノア、貴女のためにも、もう無茶はしない」

「そこは奥様と子供のため、と言ってほしかったですわ」

「政略結婚だからなぁ。彼女は、王妃と次の王の母という地位が欲しかった人だから、俺の心なんてどうでもいいと思うけど。それに最初の子供は俺の子だけど、後は違う」

「よく分からないのですが、人の夫婦とは、最初の子供以外は自由に誰かとの間に子供を作っても良いものなのですか?」

「もちろん基本的には良くない。でも彼女はソレを平気で出来る人だし、俺もソレを容認しちゃってるから。相手は俺の弟とか身分がはっきりしている者ばかりだから、まぁ、彼女なりに節度は保ってるんじゃないかな。一応、第二子以降で王家の血を引いてる者は把握してあるよ」

王宮にいる王妃はプライドが高く、自己中心的で権力だけは欲しがる典型的な貴族の娘と言った感じの女性だった。もっともアレクサンドロスが欲しかったのは彼女の実家の力だけだったので、お互い冷め切った政略結婚というやつだ。王妃は最初、自分が王宮の全てを自由に操れると思っていたようだったが、アレクサンドロスが自分の思い通りにならないと知ると、当てつけのようにアレクサンドロスに近い男たちを次々とその手に落としていった。

おかげで、何人の側近をクビにしたことか……。

ちょっと簡単に落ちすぎじゃないだろうか。

さすがに第一王子だけはアレクサンドロスの子供だが、それ以降、一度も閨《ねや》を共にしたことがないのに不思議と子供の数だけは増えていっている。弟や元側近の男たちがアレクサンドロスをすごい目で睨《にら》んでくるので、誰の子供かはすぐに分かった。

だが、アレクサンドロスは王妃と子供に関しては、笑って放置した。

ただし、不安定な王家の権力を一点に集中するという名目でまだ幼い第一王子を王太子にし、他の子供たちから王位継承権を全て取り上げてある。さらに、不慮の事故だろうが何だろうが、もし王太子が亡くなった場合は他の子供たちも全て神に帰す、という宣言をしたおかげで、王妃から取り上げた王太子は今のところは命を失うこともなく順調に育っている。

「表面上はお互い上手《うま》く取り繕ってるし、それなりに良好な関係の夫婦だと思われてるから、外面だけはばっちりだよ」

ちょっと内面がどろどろな夫婦なだけだ。そんな夫婦は、掃いて捨てるほどいる。

何をしようとも、国を揺るがす不祥事でなければ構わない。

「お会いしたことがないので何とも言えませんが、複雑な女心というものを少しは勉強なさったらいかがですか？」

「女心ねぇ。そうだ、エレノアが教えてくれる？」

「お断りです。地上の男に興味はありませんから」

断り方が「地上の男に興味がない」と言うのは初めて聞いた言葉だ。それも仕方がない。なんと言ってもエレノアは月の女神の娘だ。だからだろうか、エレノアの興味のなさとは反対に、こっちは言葉を交わす度にどんどんエレノアに興味が湧いてくる。

「俺はエレノアに興味津々だけど」

「そんな興味は捨ててください。何度でも言いますが、地上の男に興味はありませんし、妻帯者は面倒くさいそうなのでもっと興味がありません。お母様もそうおっしゃっていましたわ」

……太陽神様、月の女神様に振られた理由は妻帯者だから、みたいですよ。

心の中でアレクサンドロスは、自分に縁のある太陽神にそう報告した。

太陽神と言えば一夫多妻であちらこちらに奥様がいることで有名だ。神話では、そんな太陽神に月の女神は絶対零度の対応をしていると言われているが、理由の一つがどうやら妻帯者だかららしい。

あれ？　俺、太陽神様と同じだと思われてる？

「エレノア、違うから、俺けっこう一途《いちず》だよ」

「……一途って何でしょう？　今のところ貴方様も奥様も不誠実の塊にしか見えませんが……もし

かしてお母様は、こういうことも学んだ方が良いとお考えなのでしょうか？　良く考えたらわたくしも複雑な女心とやらがちっとも分かりませんし。分からないわたくしがそれを言うのは、失礼でしたわ。わたくしも学習途中ですので、よろしければご一緒に複雑な女心というものを学んでみませんか？」

ぶつぶつと独り言を言った後に、謎の提案をされた。

「えーっとエレノア。自分で言い出しておいて何だけど、女心を一緒に学ぶってどういうこと？そもそも君ってなんでここにいるの？」

月の女神の娘、というからには本来は神族のはずのエレノアがなぜ地上にいるのか、今更ながらに疑問が湧いた。彼女が月の女神の娘であることは、自分の中に流れる太陽神の巫女だった母の血が直感で間違いないと伝えてくるので疑う気はない。この直感のおかげで何度も命拾いをしてきたので、信頼度はかなり高い。

そうなると、なぜ月の女神の娘が地上で人の身に宿って生活をしているのか、疑問は尽きない。

「話せば長くなりますが……ざっくり言いますと、お母様から地上で感情というものを学んでこい、ついでに地上にあるお母様の大切な花が咲く山に穢れが生じているので浄化をよろしくね、と言われましたので」

「その、長いお話とやらをお聞かせください」

ざっくりすぎて全然意味が分からないので、長いお話とやらをぜひお伺いしたい。

「わたくしたち姉妹はお母様が……何もかもが嫌になって鍵をかけた部屋に引きこもって、部屋の片隅でいじけて泣いていた時に、その涙から生まれた娘たちです」

「月の女神様ってそんな方なの？」

「何でもあまりにも多くの仕事を押しつけられ疲れていたところ、さらに太陽神様を筆頭とした神様方の自己中な発言と行動の後始末に翻弄されて精神的にごりごり削られ、うっかり闇落ちしかけたので感情を爆発させて神界を半壊……少々破壊して引きこもったそうです」

泣いている母の部屋の扉を神々がものすごい勢いで叩いて大声で謝りまくっていたそうだが、全ての音を遮断して引きこもっていた月の女神に届くことはなかった。

そんな中、流れた涙に宿っていた神力が集まり真珠の結晶と化した。それに魂が宿ったことで、エレノアたち姉妹が生まれたのだ。

ただ、魂が宿って意識が生まれたのはいいが、その時の母である月の女神の心境が「私なんて要《い》らない子なのよね。こんなに翻弄されるのなら感情なんて必要ない！　全て無の表情でやってやる！」という感じだったので、そんな時に生まれた魂に、意識はあれど感情を理解し外部に発する機能など備わっていなかった。

「わたくしたちが笑ったりするのは、周りがどういう時に笑うのか、ということを学んでマネをしているだけにすぎません。本当の意味で感情というものが、良く分かっていないのです」

真珠たちが幼い女児の姿を取り、いじけていた母の世話をしていたのだが、さすがに子供たちがあまりに無表情すぎることにようやく気が付いた月の女神は、慌てて全員を元の真珠に戻すと反省をした。そして、娘たちに豊かな感情を学んで欲しいと願い、短い周期で命が終わり、感情豊かな生き物である人の輪廻《りんね》の中に娘たちを入れ込んだのだ。

「ドジっ子属性も併せ持っていたお母様がうっかり末の妹だけ次元の狭間《はざま》に落としたらしく、長らく行方不明になっていましたが、妹はつい先日、他の世界で見つかったそうです。その世界の神様に謝りたおして、もう一度こちらの輪廻の中に組み込んだそうですが……末の妹だけ二回も人の世で生きることになりますので、あの子は、わたくしたちとはまた違う存在になるのかも知れませんし」

何というか……聞いているだけで「本当か？」と疑ってしまいたくなる内容なのだが、エレノアは至って真面目に言っている。

そうか、月の女神様はドジっ子属性も持ってるのか……。

「とはいえ、わたくしたちは神力の塊ですから同時期に地上に発生するのは良くないとのことでしたので、わたくしが最初に降りて、他の妹たちは順次、各地で生まれる予定です。貴方様がしっかりとした王家を確立してくださるのでしたら、これから先の時代に生まれてくる妹たちの保護をお願いしたいのですが」

「何とも壮大というか……神々も色々あるんだなぁ、と言うべきか、月の女神の娘っていう神秘的な言葉の内情を知りたくなかったような……だが、君の妹たちの保護については王家で請け合おう。

妹君たちは放置するには危険すぎる。母君がため込んでから感情を爆発させるタイプの方なら、娘の君たちもそうなりそうだし。王家の庇護《ひご》に入ってもらって被害は最小限に……止《とど》められるかなぁ？」

エレノアが初代でこんな感じで、これから先、どんどん学習した妹たち相手に子孫たちはどこまで粘れるだろう。末っ子に至っては、一度、他の世界を経験済みだそうなので、彼女の相手が一番大変かもしれない。

神界と他の世界で生きた女神の娘って、どう考えても騒動の中心になるだろう。もしくは、こちらの世界には何の関心を持たないか。

「うーん、どうなるんだろうなぁ。ま、それはその時の子孫たちに頑張ってもらうか。さしあたって俺の相手は貴女だね。というわけで、俺を相手に豊かな感情のある生活をおくってみませんか？」

「……考えておきます」

「お、さっきはお断りだったけど、今度は考えてくれるんだ。俺、貴女の前では感情を隠さないからね。嫌なところもあるかも知れないけど、一緒に学んでいこう」

握手を求めるアレクサンドロスのその言葉に、そうか、嫌な感情というものもあるのか、それもまた必要な感情なのか、と納得してエレノアは差し出された手をひとまずは軽く握り返した。

「よろしくお願いします」

「こちらこそ、あ、ちなみに最初に俺が太陽神様に縁のある者だと知った時のあれは？」

「お母様から、太陽神様かその縁者に出会ったら、ああやってがっくりするようにとの指導を受けました。大げさであればあるほど、効果は覿面《てきめん》だとのことでしたので、がんばりました」

「あながち間違っていないのが何だかなぁ……」

どうも月の女神に関係する女性には嫌われたくないという気持ちが、心の底から湧いて出てきている気がする。

というか、絶対に太陽神が絡んでいる。

「まぁ、仕方ないか」

この時はまだ、彼女のことを変わった面白い女性だと思っていただけだった。

常識知らずで、こちらが思ってもいなかったことを尋ねてくるのが新鮮だった。

言動や行動など、彼女の全てが興味深かった。

戦争や政治とは無縁のこの場所で思うまま真剣に生きるエレノアは、アレクサンドロスにとっては穢されることのない平和の象徴だった。

◆

「言っておきますが、陛下には王妃様という方がいらっしゃいます。愛し合っている夫婦なんですから、貴女なんか相手にしてもらえませんよ」

毒が大分抜けて、ようやく起き上がれるようになったディオンにそう言われて、エレノアは意味が分からず首を傾《かし》げた。

「アレク様から伺った話だと、王妃様とは冷えきった政略結婚の仲だとのことでしたが、本人から見たものと周囲の人間から見たものでは、関係性というものは全く違って見えるのでしょうか？」

「な！」

本日の薬を持ってきたエレノアに向けて言った言葉が直球で返ってきた。普通の者なら王と王妃という関係を考えればこんな疑問を返さない。曖昧に笑ってごまかすくらいしかしないはずだ。なのにエレノアは真《ま》っ直《す》ぐに疑問を返してきた。

ここで「そうだ」とも「違う」とも言えない。「そうだ」と言えば周囲の者たちが王と王妃の本当の仲を見誤っていたことになるし、「違う」と言えば側近である彼が王の心を全く理解していないことになる。

「わたくしは王妃様とやらにお会いしたことがないので、今はとりあえずアレク様の言うことをそうなのか、と思っている程度です。アレク様がご自分たちのことを言うのは分かりますが、なぜ貴方がわたくしにアレク様ご夫妻のことを言うのでしょうか？　もしやこれが、世に言う嫉妬、というものですか？」

月の神殿に勤める神官たちは、基本的にエレノアには感動など綺麗《きれい》な感情を見せようとする。本質は理解していなくても、嫉妬や悪意など嫌な感情があることだって知識として知っているエレノアには、ディオンがぶつけてくる感情はなかなかに新鮮だった。

「と、とにかく！　陛下に近づかないでください！」

「そもそもわたくしはこの神殿から基本的には出かけません。勝手に来るのはアレク様の方です。この場合はどういう対処法がよろしいのですか？」

「会わなければいいでしょう！」

「なぜわたくしが避けねばならないのですか？　アレク様に来ないように言えばよろしいのでは？」

アレクサンドロスが来なければ別に会う必要もないので、そちらに言った方が早いのでは？　そう思って提案したのだが、ディオンはすごい顔をして無言になった。

「……アレク様に言えないのでわたくしに言う……それはもしや、アレク様がご自分より強い方だから言えないということでしょうか？　となると、逆に考えるとわたくしが弱者ということですわね。……そうですか、これが弱い者いじめというやつですね」

「ち、ちが……！　忠告はしましたからね！」

そう言って毛布を被《かぶ》りエレノアのいる方向とは別の方向を向いたディオンの言葉を、どういう風に捉《とら》えればいいのかと疑問に思う。

……人の心は複雑だ。

同じ言葉でも善意を持って言うか、悪意を持って言うのかで意味が大分違ってくる。

「まだまだ勉強不足です。こういった時に、どういう感情の顔をすればいいのかわかりません」

本気で理解不能という顔をするエレノアとは対照的に、毛布の中でディオンは複雑な顔をしていた。

「そうそう、ディオン様の毒ですが、もう数日もすれば動けるようになるでしょう。まだしばらくは薬が必要にはなりますが、それも徐々に減らしていけると思います」

「う、あ、ありがとうございます」

毛布の中からぼそぼそとした返事がしたので、エレノアは、妹たちにしていたように毛布の上からぽんぽん、とディオンを優しく叩いてから部屋を出て行った。

しばらく経《た》って、ディオンを蝕《むしば》んでいた毒の影響が少なくなり、身体の方も回復して少しずつ神殿内を歩けるようになって来た頃、アレクサンドロスがたくさんの手土産と共に神殿を訪れた。

「やあ、エレノア。順調に感情の勉強は出来ているかい？」

「残念ながら、わたくしには難しいことばかりな気が致します。こうなったらわたくしは諦めて、妹たちに託した方が良いのかと思案中です」

「そんなことはないと思うけど。だってエレノア、初めて会った頃より、表情が豊かになってきているよ」

「……そうでしょうか？」

毎日鏡は見ているが、あまり変わっていないように思える。だが、アレクサンドロスは以前とは違うと言ってくれる。

「そうだよ。お前もそう思うだろう？　ディオン」

「……俺では分かりませんが、アレク様がそうおっしゃるのでしたらそうかと」

アレクサンドロスが持ってきた人気のお菓子をつまみながらお茶を飲んでいる最中なのだが、いつもディオンはアレクサンドロスがいるのといないのとでは、エレノアに対する態度が違い過ぎる。

「……ディオン様は、やはりわたくしに嫉妬をなさっているのでしょうか？　アレク様がわたくしに構うのが原因なのだとしたら……分かりました、ディオン様はアレク様のことを愛しておいでなのですね！」

急にぶつぶつ言い出したと思ったらとんでもない結論が出てきたので、アレクサンドロスもディオンも思わずお茶を吹き出しそうになり、思いっきりむせた。

「ご、ごほ！　エレノア、何がどうなってそういう結論になるんだ？」

「失礼なことを言わないでください！　せめて敬愛と言ってください！」

両者同様の言葉にエレノアは、違ったのかな？　敬愛って、愛って付く以上、やっぱり愛してるで間違いないのでは？　と考えていたのがバレたのか、この後、アレクサンドロスとディオンからたっぷり言葉遣いや言葉の意味について語られたのだった。

「……わたくしは勘違いしていたようですね」

「そうだ、俺とディオンは決してそんな関係ではない」

「ですが、いつもディオン様はわたくしがアレク様と話をしていると表情が険しいのですが」

「生まれ付きということで放っておいてやってくれ」

エレノアの勘違いを訂正するのに疲れてしまったアレクサンドロスは、ディオンの表情については放置した。王宮にいる時みたいに怪しげな笑顔でもしていればいいものの、ここでは取り繕う気が全くないのか、ディオンはエレノアに対して割と素直な感情を見せている。

そんなディオンにちょっとだけ嫉妬して、エレノアに嫌われればいいとか思っているのは秘密だ。

「あ、そうだ。エレノア、これを君に」

アレクサンドロスが取り出したのは、青い宝石の付いた三日月形トップのペンダントだった。

「綺麗な青ですね。サファイアですか？」

「そうだ。だが、下に付いているこの黒猫が、なんか君っぽいだろう？」

にやりと笑いながら、アレクサンドロスがペンダントトップの黒猫を指で弾《はじ》いた。

「わたくし、黒猫ですか？」

「気まぐれで触らせてくれないあたりがそっくりじゃないか」

これを見た時、一目で気に入った。

これはエレノアのための物だ。

名ばかりの妻がたまには宝石を贈ってほしいと言ったので、王宮に宝石商を呼んだ。その宝石商が持って来た数多くの装飾品の中に、これはひっそりとあった。

妻が好むのはゴテゴテとした物ばかりだったので、このペンダントには見向きもしていなかったが、アレクサンドロスは目が離せなかった。結局アレクサンドロスは、エレノアのためにこのペンダントだけを自ら買い求めて、後は好きにしろと言って部屋を出て行った。

「これを見た時、エレノアだと思ったんだ」

アレクサンドロスは、自らペンダントをエレノアに着けた。

エレノアの胸元で、黒猫がゆらゆらと揺れている。

「ほら、君っぽい」

楽しそうにアレクサンドロスが言ったので、エレノアはペンダントにそっと触れた。

「わたくしっぽいかどうかは分かりませんが、ありがとうございます」

「どういたしまして。ディオンも黒猫がエレノアっぽいと思わないか？」

急にふられてディオンは焦った。今まで女性の装飾品などは、高価かどうかでしか判断したことがなかった。だいたい瞳の色にでも合わせておけば問題ないとしか認識していなかったので、ペンダントトップの黒猫について問われても、とっさに返事が出来ずに黙ってしまった。

「……アレク様、ディオン様は違うご意見のようですが」

「そうなのか？　ディオン」

「ち、違います！　アレク様がそうおっしゃるのならそうだと思います」

「わたくしが言うのも何ですが、ディオン様はご自身の意見をお持ちではないのですか？」

いつでもアレクサンドロスの言うことは絶対主義を掲げているディオンなので、このままではアレクサンドロスが白を黒だと言ったのなら、その通りだと賛同しかねない。

白は白だし黒は黒なので、白は黒にはなり得ないと思うのだが、人間には時折、白を見ながらこれはあの人が黒だと言ったから黒だ、と他人の意見をそのまま採用する者がいる。

ディオンはそういうタイプなのだとエレノアは理解した。

そのくせ、アレクサンドロス様のため、という大義名分さえあれば、たいていのことは何でもやってのけてしまう。

「くっ！　アレク様、この方は黒猫などという可愛らしいものではないですよ」

「そうか？　似てると思うんだが」

「アレク様がそうおっしゃるのなら」

「……やっぱりアレク様の意思がディオン様の意思になっているではありませんか」

「ディオン、違うなら違うって言っていいんだよ」

「アレク様まで！」

最初はこんな感じでたわいもない会話を楽しんでいたのだが、いつの間にかエレノアに惹かれていっている自分にアレクサンドロスは気が付いていた。

王宮に巣くう者たちが持ち得ないその素直さに、心が癒やされていた。

何だかんだ言いながらも、ディオンだってエレノアと一緒にいる時は口数も多くどこか楽しそうにしていた。

アレクサンドロスとディオンが二人っきりになった時に確認もされた。

「エレノア様のこと、どうなさるおつもりですか？」

「さぁな、自分でも分からん。エレノアはあの通りの女性だしな。それに女神の娘をたかが地上の男がどうこうしていいものかどうか……」

さすがにこの状況で女神の怒りを買いたくはない。せめて王妃をどうにかして、エレノアを正式に妻に迎えるくらいしないと許しは下りない気がする。

「どうなるか分からんが、エレノアを守ってくれ」

「……はい」

アレクサンドロスの言葉にディオンは頷《うなず》いた。

数日後に、あんなことになるとは思わずに。

◆

目の前で頭を下げているディオンの頬は、すでに腫れている。殴ったのはもちろん自分だ。

ベッドの上で上半身を起こしたエレノアが、静かな声でアレクサンドロスを止めた。

「……もうお止め下さい、アレク様。ディオン様とて好きでわたくしを襲ったわけではないでしょう」

「だが！　エレノア、現に貴女はこうして襲われたんだ！」

数日前、いつも通りエレノアが薬を届けにディオンのいる部屋に入ったところ、様子のおかしかったディオンに襲われたのだ。周囲が異変に気付いた時には、すでに遅かった。

呆然《ぼうぜん》としているディオンから神官が急いでエレノアを保護して、すぐにアレクサンドロスに連絡を寄こしてくれたのだが、その一報が来た時は間違いではないのかと疑った。

数日前、たった数日前にエレノアを守ると約束してくれたディオンが彼女を襲ったなど、とうてい信じられなかった。

だが馬を飛ばして来てみれば、信頼していた側近が自分の愛する女性を襲ったという信じがたい事態に、アレクサンドロスは無言でディオンを殴りつけた。

「アレク様、あの時、ディオン様から独特の匂いがいたしました。あれは、人の理性を取り払う薬でしょう。ディオン様、あの薬はどこで入手なさったのですか？」

襲われた張本人であるエレノアは、至って冷静だった。こんな時でさえ、どういう感情を出してよいのか分からない。

「……申し訳ございません。ですが、こうしなければ妹が……」

「お前の妹は王妃に仕えているんだったな。妹の命を盾にでもとられたか。薬の出所もそこか。大方アイツが趣味で使っているものだろう」

王妃はたとえ名ばかりの夫婦だろうが、アレクサンドロスに特別な人間が現れたことにひどく怒っていた。王妃の嫉妬や怒りが全てエレノアに向かい、今一番身近にいるディオンに襲わせるという計画を立てたのだろう。

「……俺のせいだ。俺がアレの始末をきちんと付けないで放置した結果が、こうしてエレノアを傷つけてしまったんだ」

しょせん仮面夫婦だと思い、あちらはあちらで好きなように男たちを侍《はべ》らせていたので放置していたのだが、王妃は自分を愛してくれないアレクサンドロスに自分以外に愛する女性が現れたことが許せなかったようで、部屋中の物を壊し怒鳴り散らしていたとの報告が来ていた。だが、何も出来ないと思い放置した結果は、最悪な形で現れてしまった。

「すまない、エレノア」

「……こうなってしまったことは仕方がありません。ですが……予想外の事態が発生いたしました」

「予想外の事態……？」

「はい」

そう言うと、エレノアは自分のお腹にそっと手を当てた。

「ここに、わたくしのお腹に本来、宿るはずのなかった命が宿りました」

「それは……」

はっとして、アレクサンドロスとディオンは改めてエレノアの方を見た。

「……お母様もきっと想定外の事態ですね。わたくしが人と交わりこのお腹に「器」が生じる。本来、神の娘であるわたくしに人の子が宿ったとて、種族の違いが大きすぎて魂が宿ることなく朽ちてしまう存在です」

神族が宿った肉体は、もはや違う種族となっている。エレノアは神族、ディオンはただの人間。もしディオンがどこかの神の祝福を受けていれば話は変わっていたが、そうでない以上、本来なら数日で消えるはずの器だった。

もしこれが太陽神の巫女の血を引き、太陽神の祝福を受けるアレクサンドロスとの間の子供であったのなら、無事に魂が宿り生まれてくる確率も高かったのだが。

「ですが、今、人の輪廻の中にわたくしの妹たちの魂があり、母としての本能がわたくしの魂に最も近しい妹の魂を器の中に呼び込みました。その結果、本来、別の時代、別の場所に生まれるはずだった妹たちの魂を、無理矢理わたくしの血に繋ぎ止めてしまったようです。わたくしのお腹の中にいる子供は、娘であるのと同時に妹でもある存在なのです。わたくしはこの子を産みますが……これから先、妹たちの魂はわたくしの血に囚《とら》われ、最後の一人である末の妹まで、わたくしとディオン様との間に生まれる子供の血脈へ生まれてくるしかなくなりました」

元々が同じ母なる月の女神の涙から生まれた存在だ。人としての肉体を得るのに、同じ生まれの存在が残した血筋ほど相性の良いものはない。

そして最初の娘であるエレノアの血は、妹たちに与える影響が大きすぎた。

「わたくしの産む妹の魂を持つ娘は、その次の代の子供を残すでしょう。ですがそこからしばらくは、妹の魂は降りません。少しずつ時を開けて妹たちは生まれ、ゆっくりと女神の血と人の血が分かれ、そして最後の妹は、再び純粋なる月の女神の娘として生まれてくるでしょう。子を産み、一度拡散された女神の血が再び集まり、最後の妹はディオン様の子孫でありながら、人の血を一切引かない真なる月の聖女として生まれてきます」

母である女神が、うっかり他の世界に落としてしまった末の妹。

まさかそれがこんな風に意味を持つとは思わなかった。

一度他の世界に行ったことで、こちらとの繋がりが途切れたのだ。こちらに戻ってきたことで再び繋ぎ直されたが、その繋がりは他の妹たちに比べるととても脆《もろ》い。

他の妹たちは姉である自分の影響を大きく受けてしまうが、末の妹はそれほどではない。あの子だけは、自分たちからの影響を受けることもなく、地上の者と月の聖女との間に結ばれてしまった鎖を断ち切ることができる。

「……妹たちにはとても苦労をかけてしまうと思います。お母様が望んだ人の世で感情を学ぶということが出来るかどうか……。ディオン様、どうかわたくしや妹たちのことは秘密にしてくださいませ。月の女神の血を人の欲望の犠牲にすることは出来ません。月の女神の血は、あるかどうかも分からない曖昧のままにしておいていただきたいのです」

不可抗力とは言え、地上に繋がれてしまった月の女神の血を、人の身勝手に利用されるわけにはいかない。そんなことになれば、母である女神がさらに泣いてしまう。これから生まれてくる妹たちの能力は、ディオンの血脈に生まれる突然変異的なもの。一族に時折生まれるが、それがいつどこで誰にどういう能力が宿るのかは不明、そうしておけば血だけを狙われることも少ないはずだ。

「分かりました。誓います。けっして誰にもこの事実は伝えない、と」

ディオンの言葉に、エレノアは満足そうに頷いた。

「エレノア、貴女はどうなるのだ？」

「……残念ながら、わたくしにはこの子を産んだ後、それほど時は残されないでしょう。仕方がありませんが……」

その時、エレノアの瞳から涙がこぼれた。

「……え……？　涙……なぜ……？　あぁ、そうですね、わたくしは寂しいのですね。アレク様にこうしてお会いすることが出来るのはそれほど多くありません。それが悲しくて……わたくし、こんな事態になって初めて寂しいや悲しいという感情を知りましたわ」

「エレノア……」

恐る恐る手を伸ばし、アレクサンドロスはそっとエレノアを抱きしめた。

お互い、これが今生における最初で最後の触れ合いなのだと、心のどこかで理解していた。

「エレノア、最後の妹は、鎖を断ち切ることが出来るんだろう？　ならば、それまでの間、俺の子孫たちが貴女の妹君たちを守ろう。どれほど迷惑がられて嫌がられようとも、たとえどんな手を使ってでも守ると太陽神様に誓おう。出来れば最後の妹君に会う子孫は、その子と愛し愛される関係になれるといいな」

「身勝手なご先祖様ですわね。妹たちが嫌がるかもしれませんから、ほどほどでお願いしますわ」

エレノアは注意をきちんとしたのだが、あまり意味はなかった。そして、アレクサンドロスの子孫たちは間違いなく月の聖女、その名を『ウィンダリアの雪月花』と変えた女性たちを執着にも似た想《おも》いで愛した。

ただしアレクサンドロスの願いとは逆に、守るどころか無理矢理手にいれようとした者もいれば、恋い焦がれたまま一生を終える者もいた。

アレクサンドロスの願い、というか一種の呪いを受けた王家の男子は、聖女たちがどれほど短命でもその短い一生を愛した。

そしてそれは、最後の『ウィンダリアの雪月花』へと繋がって行く物語だった。

◆

アリスからぽつりぽつりと語られた初代の月の聖女と王の話。

それは、意図的に歪められたのかそれとも自然に変わっていったのかは分からないが、今まで聞いていた話とはずいぶんと違う物語だった。

不文律が作られたのは、それから数代後の『ウィンダリアの雪月花』が亡くなった後だ。

約束通りディオン・ウィンダリアは自分の妻の素性について詳しくは誰にも言わず、ただ月の聖女だったとだけ周囲には伝えた。そして、生まれてすぐに母を亡くし、母と同じように感情というものを持っていなかった娘を可愛がり、彼女が産んだ孫に看取《みと》られてその生涯を閉じた。

ディオン・ウィンダリアが何も語らずに死んだこと、そして彼の娘の後を継ぐ月の聖女が間隔を開けて生まれたことにより、『ウィンダリアの雪月花』は父母の色合いを持たず、感情さえも持たぬ美しいだけの人形のような存在として不遇の時を過ごすことになった。

ディオンの遺言である「銀の髪と深い青の瞳を持つ娘が生まれた時は、何よりも彼女を優先せよ」という言葉も時とともに言葉が抜け落ち、いつの間にか「銀の髪と深い青の瞳を持つ娘が生まれる」とだけ一族に伝わっていった。

そしてアレクサンドロスの約束通り、王家の人間は彼女たちを愛したのだが、愛しながらも一切動くことも応えることもない彼女たちの感情のなさを憎み、時にはその憎しみをぶつけまた時には監禁したりもした。

愛しながらも憎むという真反対の感情に翻弄され、女神の罰を幾度か受けた後、当時の聖女を愛した王が出した結論があの不文律だった。

『ウィンダリアの雪月花』を束縛してはならない、虐げてはいけない、何事も望むままに。

何を言っても、何をしても応えてくれない彼女たちを憎み、だがそれでも愛《いと》おしくて手に入れたくてどうしようもない。過去の王族たちがそうやって聖女たちを愛し同時に憎む気持ちは十分に理解できたが、不文律を作った王は、その全てを飲み込んだ。

当時の聖女との間にはほどよい距離を置き、たとえ何も返してくれなくても構わないから兄のように親友のように接した。常に手をぐっと握りしめた結果、手の平に爪が食い込み血が滲《にじ》み、消えない傷跡が生涯残っても堪えてみせた。

内心でどれほどドロドロとした恋情が渦巻いていてもその全てを自制して隠し、ただ彼女に向けて穏やかに優しく微笑みかけた。

彼女を閉じ込めていたウィンダリア一族から引き離し、彼女のやりたいこと、行きたい場所、淡々と語られる小さな日常の望みを叶《かな》えて、自分が出来る中で彼女に最大限の自由を与えた。

王命によって無理矢理後宮に入れて監禁したと言われようが、他の人間の言葉など一切聞かず、ただ彼女を世間の目から隠し続けた。

そのおかげで得た穏やかな日々に、全ての感情を持たぬ人形と言われていた『ウィンダリアの雪月花』が血の滲んだ手の平を握りしめて小さく微笑みかけてくれた時、王は涙を流した。

自分は間違っていなかったのだ、と。

そして彼女が亡くなった後に、これ以上、王家の人間が迷わないようにあの不文律を作ったのだ。

不文律は、聖女を守るためのもの。そして同時に王家の人間に対する戒めであり指標だ。

己の感情を自制して、たとえ一度でも良いから自分に向けて微笑んでもらうためのもの。

成功し、一度でも微笑まれるとその笑みが脳裏から消えることは生涯ないが、それでも人形のような表情しか思い出に残らないよりは全然ましだ。

残念ながらその後も失敗する王族は現れるのだが、それでも不文律が出来る前と後では聖女に対する扱いはあからさまに変わった。


そして目の前の息子は、アリスが言っていた最後の『ウィンダリアの雪月花』のことを楽しそうに語っている。

今までの聖女とは違う、真の月の聖女。

「母上、そのアリス嬢に囚われた王族はいなかったのですか?」

「いたわ」

「どなたです?」

「わたくしと貴方のお父様よ」

王太后の言葉にジークフリードがびっくりした顔をした。

「……母上と父上、ですか?」

「そうよ。おかしなことではないでしょう? わたくしも王家の血を引いているのですから」

シュレーデン公爵家には、過去に王家の血が何度か入っている。だからおかしなことではないが、父はともかく、母は同性のはずだ。

「おかしな恋情ではなくてよ。わたくしと陛下は幼い頃からアリスと共に育ったゆえに、彼女に対しては過度な妹愛を持っていたのよ」

世に言うシスコン、というやつだ。

生まれた時から婚約者であった自分たちは、アリスという大切な妹を守るために共闘した。

お互いが相手に対して変なコンプレックスを持つこともなく、どちらかというと良き競争相手になれたのは、アリスが小さな声で褒《ほ》めてくれたからだ。一生懸命感情というものを理解し、表情を崩そうとがんばるアリスに、どちらが先に笑ってもらえるか競っていた。可愛い妹に良いところを見せるために、兄と姉は一生懸命格好を付けていた日々だった。アリスが幼くして亡くなっても、下手なことをすればアリスがあの世で悲しむと思い必死でやってきたのだ。

こちらはそうやって頑張ってきたのに、息子はあっさりとセレスに微笑みかけられている。

何か、むかつく。

確かにアリスや今までの聖女たちと違い、セレスはちゃんと己の感情というものを持っている。

幼い頃は無の表情だったが、成長するにつれて自然と出てきた彼女の感情を王太后は好ましく思っていた。だが、だからと言ってその全てを息子に取られるのは悔しい気がしてならない。

「わたくし、貴方に思いっきり嫉妬しているわね。セレスが特別な聖女だということも分かっているけれど、貴方に持っていかれるのがとっても嫌よ」

「母上……」

子供のように少し頬を膨らませて嫌がる母は、一応、この国の王太后のはずだ。母に嫌がられたとしても今更セレスを手放す気は一切ないが、確かに自分は過去の王族に比べると出会いからして恵まれている。

「ねぇ、知っていて？　聖女たちは、ここ数代はウィンダリア侯爵家の本家に産まれていないの。王家にウィンダリア侯爵家の血は入っていないけれど、ウィンダリア侯爵家の本家には王家の血が入っているわ。王女の降嫁があったからなのだけれど、それ以降、本家より遠い血の中に聖女たちが生まれてきているの。アリスなんかその究極の例よね。本家からより遠くへ遠くへと、聖女の血が移動していっているのよ」

ウィンダリア侯爵家の本家を、その血に混じった王家の血を忌避するように、王家の血を持たない分家に聖女たちが産まれるようになった。忌避しているのは、初代の月の聖女を愛した王の血か、月の聖女を憎んだ王妃の血なのか、それとも太陽神の巫女の血なのか……真相はわからないが、本家より遠くの血筋に生まれることにより、聖女たちは徐々にウィンダリア侯爵家と距離を置いてきたのだ。

「何にせよ、わたくしはアリスとの約束を守ったわ。セレスは今までの聖女たちと違って、過去の聖女たちの記憶を一切持たない娘よ。ジークフリード、セレスをお願いね。セレスが幸せでいること、それがアリスたちの願いよ」

セレスだけではなく、アリスにも生きて幸せになってもらいたかった。なぜ、アリスではだめだったのか、と思った時もあったが、答えはわからないし、アリスがセレスの幸せを願うのならばその願いを叶えてあげたいとも思う。

「全力で頑張りますよ。母上、アリス嬢からの贈り物については感謝していますが、そもそもどうしてアリス嬢は、いえ、過去の聖女は我々に贈り物をくれたのですか？　リリーベル・ソレイユのことを知っていたのでしょうか？」

「……そうねぇ、アリス曰《いわ》く、『過去は繰り返される』のだそうよ」

「……母上、もう少し具体的に聞いておいてほしかったです」

肝心なことは一切教えてくれていない。予言とは得てしてそういう曖昧なものが多いが、アリスの言葉が足りなさすぎる気もする。

「『過去は繰り返される』か。どれくらいまで遡《さかのぼ》るんだか……。母上は十年前の事件についてはどう思っていますか？」

自分はアリスによって救われたが、兄は見事に罠《わな》に落ちた。あの時、母は特に騒ぐことも動くこともなかったが、実際はどう思っていたのだろう。

「王妃としては、王太子が簡単に落ちる人間だと早い段階でわかって良かった、というところね。あのまま王になっていたとしても、寵姫《ちょうき》の意のままになる王などいらないのよ。母としては……哀れな子だと思っているわ」

次男であったジークフリードと違い、長男は生まれた時より父王の後を継ぐべく日々多くの勉強をしていた。

幼い頃から王宮で王妃教育を受け、王とともに勉強をしてきた王太后はその大変さを十分に分かっていた。その全てがあの娘と出会ったことで吹き飛んだ。哀れだと思うのはこちらの勝手で、本人は満足して逝ったのかもしれないが、出来れば良き王となってほしかった。

窮地にこそ人の本質がよく分かる、とはいうが、まさか王太子としての勉強は一切してこなくて、ごく普通の王族としての勉強しかしていなかったはずの次男が王としての資質をここまで持っているとは思わなかった。

もしあのまま長男が王となっていたら、次男であるジークフリードはその才能の全てを隠して、臣下として兄王を支えただろう。それを思うと結果的に国としては良き王を得たのだ。

「あの時、多くの疑問が残ったわ。どうやってリリーベル・ソレイユが魅了の薬の作り方を知ったのか、実際に作っていたのは誰なのか、一番の疑問は、彼女はそんな薬を使ってまで何をしたかったのか。貴方はあの時、リリーベル・ソレイユから何か聞いたの？」

実の兄を手にかけたのはジークフリードだ。最後の時、あの場所にいた人間は今となってはジークフリードとエルローズしかいない。

「……あの時、リリーベルは女王のようでした。兄さんや他の取り巻きたちに傅《かしず》かれて満足している感じで、それが当り前なのだ、という雰囲気でした。自分を崇《あが》めないのはおかしい、そう言っていましたね」

それもおかしな話だ。なぜ誰もがリリーベルを崇めると信じていたのか。

リリーベル・ソレイユという少女は、話の通じない、自分のことだけを考えている少女だった。

あの時だって自分は悪くない、という言葉をひたすら言っていたくらいだ。

私は悪くない、私を好きになった人たちが勝手にやったことだ、どうして私に罪をなすりつけるのか、そんな言葉をずっと言っていた。兄や取り巻きたちは、そんなリリーベルを宥《なだ》めて彼女が望む言葉だけを紡ぎ、一種の異様な空間を演出していた。

「リリーベルは自分を正当化するだけで正確な話は語ってはくれませんでしたが、先に兄さんが死んだ時に一言だけ、話が違う、と言っていましたね。それが誰のどういう話か分かりませんが、リリーベル自身も他の誰かから都合の良い話を聞かされていたのかもしれませんね」

今更本人たちには聞けないし、調べてもそんな裏の話は出てこなかったが、今思い返せば色々と辻褄《つじつま》の合わない話をしていた。もう少し真面目に関われればよかったのかもしれないが、当時は傍《そば》に寄られただけで気持ちが悪かった。兄や取り巻きたちはよく平気でいるな、と感心したものだった。

「それと、実際に薬を作っていた人間ですが、リリーベルの取り巻きの一人に薬師ではなかったけれど、それなりの知識を持っている者がいて調合していたそうです。ただ、原液は別のところから運ばれていたそうで、そちらの出所は分からなかったそうですが」

「そうだったのね。ジーク、それはいつ判明したの？」

「つい先日ですよ。花街にいた女性の一人が作っていた者の妹で、ついでのように教えられました」

アヤトほどではないが、ジークフリードも十年前、もっと彼女たちに接していれば良かったと後悔していた。

「必死で調べている時には出てこなくても、何でもない時にさらっと出てくることもあるのね」

物事というのは、動く時には思いもかけない形で動くものだ。

「いいこと、ジークフリード、焦ってはいけないわよ。貴方がセレスに「旦那様」って呼びかけられる夢があるように、わたくしだってセレスに「お義母様《かあさま》」って呼ばれたいのよ」

そんな夢を語ったこともなければ見たこともない。

母の暴走からの妄想だが、ちょっと心惹かれたことを否定はしない。

「……いつかその夢は叶いますよ」

母と息子の夢（？）が珍しく一致した瞬間だった。

「色々と大変だったけど、セレスが花街にいてくれて助かったよ」

第二章　次女と師匠

薬師ギルドの長の部屋で、セレスはアヤトに赤水病《せきすいびょう》についての報告書を提出していた。

「元々が北の方の病だから、あちらにいる薬師たちにこの報告書を元に研究するように伝えるよ」

「はい、そうしてください。今回は思い付きがたまたまうまくいっただけだと思うので、きちんと研究していただきたいです」

「そうだね。より確実に効く方法があるのなら、それでもいいし」

どちらにせよ研究は赤水病患者が多い北の薬師に任せるしかない。こういう研究もしてみたいが、ここでは出来ないので仕方がない。

そういうアヤトの顔色や肌艶がとても良い気がする。何というか、すごく充実してる感が出ている。

花街の封鎖が解かれた時は顔色も悪かったのだが、ここ数日でこんなに変わるなんて、何かあったのだろうか。

「師匠、良いことでもありました？」

「うん？　すごく良いことはあったけど、お子様にはまだ早いかな」

「はぁ、大人の事情ですか……？」

よく分からないが、アヤトが元気になったのならば、お子様な自分は知らなくてもいいことなのだろう。

「それで、ユーフェとパメラにリリーベルのことは聞けた？」

「はい。ジークさんも来てくれたので教えてもらいました」

「あぁ、うん。そうだね、来たんだよね」

この国の王様が、病が蔓延《まんえん》して閉鎖されていたはずの花街に一人で来た。

どんな国なんだ、それは。普通、国王が一人で乗り込む場所じゃないだろう。

そう言いたいところだが、セレスはジークフリードが国王本人だと知らない。残されたこっちは何度乗り込もうと思ったことか。

それに花街滞在中の宿泊場所は、吉祥《きっしょう》楼《ろう》だった。何もしないとは分かっていても、ユーフェミアやセレスと同じ屋根の下にジークフリードがいるのかと思うと、危険な気がしてならなかった。

「チッ、もう少しじじい共の弱みを握っておくのだった」

そうしたら強引にでも入っていけたのに。

「師匠まで来ていたら、お爺《じい》さんたちも大変だったと思いますよ。ジークさんの顔を見て、すっごくため息ついてましたから」

吉祥楼に薬を取りに来る度に、爺さんたちはセレスの傍《そば》にいたジークフリードから目をそらしていた。

一度、セレスが爺さんにジークフリードのことが苦手なのかどうか聞いてみたところ、「昔はあの坊やを思いっきりからかえたんだが、今は出来ねぇ。育つにもほどがある」と愚痴っていた。

「まぁ、行けないのは分かっていたけど」

アヤトは弱みを握るどころか、ユーフェミアの件で散々からかわれている身だ。むしろジークフリードが、どうやってあの爺さんたちと対峙《たいじ》したのか知りたいくらいだ。

「リリーベルさんって、何というか、自分のことを物語の主人公だと思っていたんでしょうか？」

「私はあまり物語は読まないけど、言われてみればそうか。あの子は、自分に都合のいい物語を思い描いてたのか……」

物語の主人公と言われて、アヤトはセレスをちらりと見た。

それはまさに、セレスたち月の聖女たちのことだ。

不可思議で、でも目の前に存在する生きた物語の主人公。

彼女たちが存在することで、色々なことが起こる。

現に、セレスは直接十年前の事件に関わったわけではないのに、ここに来てなぜか急にセレスの周りであの時のことが浮かんできている。それに初代の月の聖女は、セレスに出会う前の自分たちを助けてくれた。

初代の月の聖女は、リリーベルの起こした事件がいずれセレスにまで波及すると知っていたとしか思えない。まあ、あの時の状況がすでに神の領域の出来事に近いのでそういうものなのかも知れないが、一体『ウィンダリアの雪月花《せつげつか》』たちはどこまでの未来を視《み》ていたのだろう。

目の前にいる聖女は、そのことを知らない。

歴代の聖女たちが受け継いでいたと思われる記憶の数々を全く受け継いでいない。これでも師匠としてずっと見守ってきたのだ、それくらいは分かる。

「セレス、コルヒオにも会ったそうだね。彼は花街の婆《ばば》の孫で、あの当時は隣国から帰ってきたばかりで店は婆が仕切っていたし、本人もまだ薬師として活動していなかったから捜査の対象外だったんだけど、あの匂いに反応したってことは関係者で間違いはないと思う。一応、今は薬師ギルドから見張りを出しているけど、もしまた何か絡んできたらすぐに連絡して。彼は婆の孫ではあるけど、婆本人じゃないからね。どっちかというとちょっと問題児っぽい扱いなんだよ。腕はあるんだけど、その分、自分は優秀だっていう変な自信持ちなんだよね、おかげで私は目の敵にされてるんだ」

はぁ、とアヤトはため息をついた。

コルヒオは腕は確かなのだが、いかんせん人間性は難ありの人物だ。

本来なら自分こそ薬師ギルドの長に相応《ふさわ》しい、アヤトはたまたま貴族の家に生まれたからその座に就いたに過ぎない、俺の方が全てにおいて優秀だ。

そんな風に言っているのを何度、聞いたことか。

目の前で言われたこともあれば、噂話《うわさばなし》として耳に入ってくることもある。コルヒオと一緒に仕事をした薬師が、怒りながら教えてくれたこともある。確かにそこそこの腕はあるのだが、本人が言うほどではないし、アヤトのように外部との交渉が得意なわけでもない。薬師ギルド全体から難ありという認識を持たれているので、当然コルヒオに仕事を回す薬師もいない。

婆から受け継いだ店と人脈を生かすことも出来ずに、むしろ花街の女性陣を敵に回しているのが現状だ。花街に関わる男性陣が細々と店に通っているが、客はほぼそれだけなのではっきり言って店は閑古鳥《かんこどり》が鳴いている状態が続いていて、それが余計にアヤトに敵対する理由にもなっているようだ。

「先代の婆は口は悪かったんだけど、何て言うか……面倒見は良かったんだよね」

「……ツンデレ……？」

お婆のツンデレは、それはそれで可愛《かわい》いのかもしれない。セレスは会ったことはないのだが、きっと素直にお礼を言ったところで、目をそらされた挙げ句にそんなつもりじゃないとか言われそうだ。

「ツンデレって……あの婆じゃ可愛くない」

アヤトの意見は別らしい。

「セレス、しばらくの間、花街に用事がある時は、薬師ギルドの護衛かユーフェのところの護衛を連れて行くようにしてほしい」

「わかりました。気をつけます」

「うん。出来れば夜も一人じゃない方がいいんだよなぁ……」

普段、セレスはガーデンで一人暮らしをしている。弟のディーンが泊まる時もあるが、基本は休日だけなので平日は完全に一人になってしまう。

かといってアヤトが泊まろうにも、忙しくてしばらくギルドに缶詰状態になる予定なので自分の家にも帰れそうにない。これもユーフェミアと籠《こ》もっていたからなので仕方ないのだが、仕事が空き次第、忘れられないようにもう一回は籠もりたい。そしてユーフェミアやパメラも自分の仕事があるので、セレスの家に泊まるのは無理だろう。下手な人物はセレスに近づけたくない。

「セレス、一応、暇人予定に心当たりがあるからちょっと聞いてみるよ。夜は絶対、扉や窓を開けちゃダメだよ」

そろそろ便利屋の後輩君が、ウィンダリア侯爵家の領地から戻ってくる頃のはずだ。基本、セレス専属だと言っていたからこの際、放り込もう。絶対セレスに手出しなんてしないと分かっているから、ジークフリードの怒りを買うこともないだろう。とは言え面白くはないだろうから、ちょっとした八つ当たりは受けるかもしれないが、それくらいでどうこうなるような可愛い神経は持ち合わせていないので問題はない。

「はぁい。何か小さい子供になった気分です」

「弟子なんて子供みたいなものだよ。それに小さい頃から知ってるから、こっちは勝手に親の気持ちになってるよ。いつでも娘になってくれていいんだよ」

「ふふ、ありがとうございます。そうなると師匠はお父さんで、ユーフェさんがお母さん……うーん、気後れしそう」

ちょっと想像してみたが、この二人の間に娘として立つとか若干罰ゲームのような感じがしてしまう。

それぞれが妙な色気を持つ大人の男女なので、お子様には刺激が強すぎる。

セレスは自分が内面も外見もまだまだお子様という自覚が一応はあるので、並ぶと落差が凄《すご》そうだ。気軽にお父さん、お母さんとか絶対に呼べない。

「セレスにお父さんとか呼ばれるのは、何かいいね」

セレスとは逆にアヤトは、自分で言い出したことなのだが、本格的にセレスを養女にするのはありかも知れないと本気で思った。

アヤトの養女になればティターニア公爵家が表だって全力でセレスを守れる。ウィンダリア侯爵家から聖女たちが何とか逃れようとしているのなら、セレスがアヤトの娘になるのは全然ありだろう。アヤトには、セレスを縛るつもりも何かを強制するつもりも全くない。それにセレスが娘になれば、それこそジークフリードとの結婚に何の支障もなくなる。

「セレス、お父さんはまだ結婚なんて許しませんからね！」

「何でいきなりそんな話になるんですか？　私、まだ師匠の娘になってないですし、何より結婚するなら師匠とユーフェさんの方が先でしょう？」

急に男に戻った師匠が暴走を始めた。

こっちの心配をするより先に、自分たちの結婚のことを考えてほしい。

ユーフェミアにだって、憧れの結婚式というものがあるかもしれない。エルローズのドレスをオーダーするのなら、ある程度の時間だって必要だ。

服装における意見の相違はあるが、アヤトとエルローズは友人なので、アヤトの花嫁がエルローズのドレスを着ないなんてことになったらめちゃくちゃ怒ると思う。

「そうだなー、実家の力全開にして無茶を通せば一ヶ月以内に何とか……？　あ、でもローズの花嫁のドレスが間に合わないかも……そこら辺もデザインだけ起こして監修してもらえれば、何とかいけるかな？」

アヤトの中で最短でユーフェミアとの結婚式までのシミュレーションが為《な》された。

結果、一ヶ月で何とかいけるようなのだが、いくら何でもそんな急ではユーフェミアの準備が間に合わないと思われる。それにユーフェミアの方の気持ちはどうなのだろう。

「師匠、ちゃんとユーフェさんと相談して決めてくださいよ。勝手に決めちゃダメですからね」

「大丈夫、ちゃんとユーフェの許可は取ってあるから」

どこの場所で、どのタイミングで、なんてことはセレスには言えないが、一応ちゃんと許可は取ってある。

不本意ながら一度は逃げられてしまっているので、もう逃がすつもりはない。

花街の上役の爺さんたちにもきちんと挨拶に行って、一族の方にも通達を出そう。

十年前のことを調べつつ、同時進行で結婚の準備もしていかなくてはいけないので、しばらくの間、アヤトの激務は続きそうだった。

◆

コルヒオは祖母から受け継いだ薬屋の中を落ち着きなくうろうろしていた。

「クソ！」

ようやく赤水病が治まったので花街に戻って来たら、逃げ出したことを咎《とが》められムカついた。その上さらに、あのギルド長のとこのガキが持って来ていた香水について聞かれた。

「あんなの、なんで今頃……！」

ちょっとした好奇心と小遣い稼ぎのために作った薬が、今になって問題になろうとしている。

祖母も知らない作り方を知った優越感と、金目当てで少女の提案してきた話に乗っただけだったのに、まさかあんな事態になるとは思っていなかった。十年前はまだ隣国と行き来をしていたのでうまく逃れたが、再び蒸し返されようとしている。

そのことが、コルヒオの毎日に大きくのしかかってきていた。

◆

気怠《けだる》い感じでベッドの住人と化している自分の隣で、パメラは器用にリンゴをウサギカットしてくれた。

別に病人ではないのでそんなことをする必要なんてないのだが、なぜか嬉々《きき》としてパメラは世話を焼いてくれている。

「さぁ、召し上がれー」

今にも歌い出しそうな笑顔で言われても、ものすっごく胡散臭《うさんくさ》いだけだ。

「病人じゃないわよ」

「分かってるわよー、何て言うか…お祝い？」

「何でそこで疑問符なの。それに何のお祝いなの？」

「大人になった貴女《あなた》へ？」

即答のくせに疑問符を付けないでほしい。

完全にからかわれているだけなのは分かっているが、リンゴが美味《おい》しいので可愛らしいウサギの正面からついつい食べてしまう。

赤水病が治まり吉祥楼の掃除やら何やらがやっと終わったと思ったら、ふらっと顔色の悪いアヤトがやって来たのだ。

持ち帰りは却下されたが、お客としてならいいよね、と言ってさっさとユーフェミアを連れてオーナー部屋に入って行く姿を、パメラたちはにこやかに見送った。

元気に回復した女性たちも、後はこっちでやっておきまーす、と言って誰も咎めなかった。

おかげでこのざまだ。顔色も肌艶もよくなって帰って行ったアヤトに、次に会った時は絶対に文句を言おうと思っている。

「あら、残酷物語」

「どうせどこから食べても一緒よ」

しゃりしゃりとした食感のリンゴは、アヤトからもらったお土産の一つだ。出身が高位貴族で本人も若くして薬師ギルドの長となったアヤトのもとには、各地から色々な特産物が届くらしい。

「……ねぇ、パメラ、アヤトと少し話をしたんだけど……」

「よくそんな時間があったわね。どうせあの男のことだから、時間が許す限り離さずに抱き潰すと思っていたわ」

おほほほほ、と笑うパメラからユーフェミアはそっと目を外した。

『チクショウ！　その通りでしたよ！』

なんて死んでも言えない。

閉鎖されているから中の様子も分からず少しイラついていたら、ジークフリードだけが中に入って行った。何かあってもすぐに助けに行けない状態だったから心配した。やっと閉鎖が解けて会えたのに、二人きりにもなれず、今は後始末が大変なんだ。

そう言われ、実際かなり顔色も悪くなっていたのにほだされて、つい抱きしめてしまったのが悪かったのだろうか。帰り際のアヤトの笑顔を思い出すと、ちょっと腹が立つ。

「で、どんなお話をしたの？」

にやにやしながら聞いてきたパメラを少しだけ睨《にら》んだが、効果なんてまるっきりない。

「……はぁ、貴女の時は、絶対にからかってあげるからね。パメラ、貴女のお兄さんが魅了の薬を作っていたのは聞いていたけど、調合だけしていて元になるいくつかの液体はどこか別の場所から運ばれていたって言ってたわよね」

「私の時って言うけど、まあまず有り得ないから安心してちょうだい。私は仕事に生きるの。で、原液だったわね。そうね、兄の部屋には薬草は一切なかったわね。あったのは色々な瓶に入った液体だけ。兄はそれを薄めたり、量を調整したりして実験していたわ。一時期、裏社会に出回っていたっていう魅了の薬もどきは兄たちがばらまいた物だと思ってる」

「問題は、その原液よね。前にも聞いたけど、どこから持ってきていたか、何か小さなことでも覚えてない？」

「んー、あんまり覚えてないわねぇ。リリーベルが、なくなるたびにどこかから持ってきていたらしいわ。リリーベルもそんな頻繁に持ってこられる物じゃないらしくて、大切に扱え、的に怒っていたのを見たことはあったわね」

　ほれた弱みなのか、パメラの兄はリリーベルの言いなりだった。リリーベルが持って来た原液を別の液体と混ぜ合わせたりして、試作品をたくさん作っていたのを覚えている。いつも家の中を我が物顔で歩いていたリリーベルは、パメラにもその薬を使ったことがあったらしい。これは後で兄がぼそっと言っていたことだったのだが、どんな薬を使ってもリリーベルに落ちることのなかったパメラに、リリーベルは相当いらだっていた。

　パメラだけではなく、一部の人間にはどんなに魅了の薬を使っても効果は一切なかったらしく、兄はそのことで何度か理不尽な八つ当たりをされていたようだった。特にリリーベルの本命であったらしいジークフリードやアヤトには、一切効いていなかった。

「その時に、コルヒオの姿を見たことはある？」

「なかったわね。あったらさすがに花街で会った時にユーフェに言ってるわよ」

「そうよねぇ。でもあの反応は、どう考えても関係者ですって自白してるようなものよね」

　何事もなかったかのように花街に戻って来たコルヒオに、香水のことを聞いたらあからさまに目が泳いでいた。

　ただ、アヤト曰《いわ》く、あの頃はまだ花街の婆が存命で、コルヒオ自身は隣国と行き来している状態だったらしい。

「今更と言えば今更ではあるけれど、色々と謎が残ってるものね。気持ち悪い感じのままだわ」

「……リド様にも言ったけれど、典型的なわがまま娘だったリリーベルが魅了の薬の作り方を知っていたとは思えないわ。誰に入れ知恵されたのかしら」

「かと言って、コルヒオみたいな小物が、魅了の薬を使って国を混乱させようとか考えつかないでしょうね。誰か、は結構な権力者だと個人的には思ってるわ」

パメラの言う通りだ。コルヒオは小物感満載の小物だ。リリーベルと同じように、目先のことだけに囚《とら》われて深くは考えられない。もし本当にコルヒオが魅了の薬の原液とも言える物を作ったとしても、本人が自力で調合方法にたどり着いた、なんてことは絶対にない。

誰かに教えられて作ったのだ。誰かは最初にリリーベルに教え、それがコルヒオに流れてパメラの兄のもとへと行った。ただ、そのルートを知っている人間は、全員この世からいなくなってしまった。

「そう言えば……ねぇ、ユーフェ、セレスちゃんって、ウィンダリア家の次女ちゃんだったわよね？」

「えぇ、そうね。ジークフリード様が溺愛する月の聖女。噂では第二王子が執着してるって言っていたけど、本命はまさかの国王陛下だったわね。ま、あの第二王子、お父さんにそっくりで嫌だけど」

パメラもユーフェミアもそれなりに前の王太子には嫌な目に遭わされた。チラっと見たことがある第二王子は、驚くくらい父親に良く似ていた。申し訳ないが、第二王子には出来れば花街に来て欲しくない。成人しても一生花街とは無縁で生きてほしい。

「それは置いといて、ユーフェ、私、十年以上前にウィンダリア侯爵家に行ったことがあるの。昼のお茶会に招待されたんだけど……」

それはパメラもずっと忘れていたことだった。銀色の飴《あめ》をもらった時のことをユーフェミアと話した時に、ふと思い出したのだ。

「あのね、セレスちゃんの姉、ソニア・ウィンダリア、わがまま姫で有名だし、実際、ちょっと見た時にはものすごく横柄な態度を取る勘違い令嬢だと思ったんだけど……」

「だけど、何?」

「……あの日、私と似た年代の方がいなくて、一人で庭を散歩させてもらっていたの。人目のない奥庭に行った時に、ソニア・ウィンダリアに会ったわ。正直に言うと、あの子、何者なのって感じよ」

◆

パメラが一人で奥庭の散策をしているとその目の前に不意に現れたのは、先ほどまでメイン会場で他の子供たち相手にわがままっぷりを発揮していた本日の主役だった。

「……ご機嫌よう、ソニア様。お茶会の方はどうなさったのですか?」

今日はソニアの友人作り、もしくは婚約者選定がメインだと聞いていた。はっきりいってパメラは年上すぎて関係ないのだが、母が侯爵夫人と親しかったという理由で招待されたのだ。ソニア・ウィンダリアは目鼻立ちの整ったとても綺麗《きれい》な子供だが、招待されていた子供たち相手にずいぶんとわがままを言っていた。

だが、今、目の前にいる少女は先ほどと同じ少女かどうか怪しんでしまうくらい、雰囲気というか彼女の放つ空気感が全く別人と化していた。

「……お姉さん、銀の加護を持つ方ですね。大変申し訳ないのですが……もうすぐ厄介事が始まります。銀の加護を持つ方々に薬は効きませんが、巻き込まれることまでは回避できませんので、頑張って切り抜けてください」

「……はい？」

「どうにもアレはこりないようですから。残念ながら私はそう長い時間、表に出ることは出来ないので、加護を持つ方々には自力で切り抜けていただければ、と。女神様や姉君方もそう干渉は出来ませんし、あの方はまだ幼すぎて何も出来ないでしょう。私もこの娘に気を向けるように誘導するので精一杯ですので、もう少しの間、皆様で頑張ってください」

全く以《もっ》て何を言っているのか謎なのだが、唯一分かるのはどうも自分たちは何か厄介ごとに巻き込まれることが確定している、ということだけだ。ついでに目の前の謎の存在が、謎の応援をしてくれているようだ。

「えーっと、ちょっと意味が分からないんですけど……要は自力で生き抜け、ってこと？」

「そうです。そろそろ交代しなくては……この程度ではあの方々に対する贖罪《しょくざい》にもなりませんが……仕方ありません。では、頑張ってください」

そう言ってソニアは両目をつぶったのだが、すぐに目を開けるとパメラを胡散臭《うさんくさ》い目で見てきた。

「……あなた、誰よ？　何で私、こんなとこにいるのよ。あなたが私を連れて来たの？　お父様に言いつけてやる！」

それはこちらのセリフだと思う。貴女こそ何者なのよ、と思ったのだが、一方的に怒鳴って去って行ったソニアを追いかける気力などパメラにはなかった。

◆

「……ついこの間まできれいさっぱり忘れていたけど、何度思い返しても、ソニア・ウィンダリアがおかしいことを言っているのは確かなのよ。もうすぐ巻き込まれる面倒事って、リリーベルのことでしょう？　銀の加護を持つ者っていうのはあの時、飴をもらった人たち。頑張って生き延びたけど、ソニア・ウィンダリアは何なの？」

パメラが嘘《うそ》をついているとは思えない。

ソニア・ウィンダリア、ウィンダリア侯爵家の長女。聞こえてくる噂は典型的なわがまま娘で第二王子の妻の座を狙っている、といったことくらいだ。でも、彼女は腐ってもウィンダリア侯爵家の長女なのだ。聖女の血を引く一族の娘。彼女のいう「この娘に気を向かせる」とは誰のことなのか。

彼女の両親は、ソニアのことしか頭にない。

「……パメラ、もし、もしも、よ。ソニア・ウィンダリアが、あえて自分にのみ関心を向けるように仕向けている、としたら……？」

「ソニア・ウィンダリア……いえ、言葉から考えると中にいる何者かは『ウィンダリアの雪月花』のことを良く知っている存在……？」

アヤトから『ウィンダリアの雪月花』がウィンダリア侯爵家から離れたがっているんじゃないか、ということを聞いていたユーフェミアは、そのことをパメラにも伝えていた。そう考えると、ソニア・ウィンダリア、恐らくはその中にいる『ウィンダリアの雪月花』の味方であるはずの存在は、両親の心そのものを次女から離しているように感じられた。

第三章　次女と温泉の町

赤水病《せきすいびょう》の時に頑張ってくれたご褒美だと言われて、セレスは二十日ほど休みがもらえた。

この間は、薬師ギルドから仕事を回すことはないし納品もしなくていい、と言われたので自分の好きなことに時間を費やせる。

「二十日間かぁ。ちょっとした遠出くらいなら出来るけど、さすがにあんまり遠くに行くとなると、絶対に誰か連れて行けって言われるよね」

前回はジークフリードが一緒に行ってくれたが、そのジークフリードも忙しいようで、あれから会えていない。それにそもそもジークフリードは貴族の当主だと聞いているので、前もって言ってあったのならともかく、思い付きで護衛をしてくれとは言い辛《づら》い。

「ディも忙しそうだし」

姉を心配して学園をちょいちょい休んでいたらしいディーンは、その分を取り戻す勉強に励んでいる。

アヤトもユーフェミアたち花街の女性陣も、みんな後片付けで大忙しだ。

ポツンと暇しているのは、自分だけだ。

「んー、護衛がいらない距離ならいいかな？」

花街ではなくて、別の安全な場所ならば一人で行っても問題はない、と思う。

思い出したのは、ジークフリードと行った温泉の町、ハーヴェ。

今回、花街に長期滞在している最中にお姉さんたちの悩みを聞いたが、やはりどうしてもそちら関係の薬の知識が自分には足りない。ハーヴェの町には、花街の婆《ばば》の弟子だった薬師がいる。彼女の店にはここら辺ではあまり見かけないような薬も売っていたし、もう少し色々と聞いてみたい。

「そうだ、ハーヴェに行こう」

異世界のポスターに書いてあるような台詞《せりふ》を言ってみたが、悪い案ではない気がした。

王都に近いだけあって治安も悪くないし、馬車で行けるので道中も安全だ。

アヤトとディーンには反対されるといけないので、向こうに着いてから手紙を書こう。

行ってしまえば、こっちのもんだ。

「よし！　準備して行っちゃえ」

ご機嫌に鼻歌を歌いながらセレスは手早く準備をしてそのまま馬車乗り場まで行くと、ちょうどハーヴェ経由で別の目的地まで行くという馬車が出るところだったので、急いで乗り込んだ。

馬車の中には家族連れや仲の良さそうな老夫婦がいたので、セレスが入って行っても変な目では見られなかった。むしろ老夫婦が、一人で乗ってきたセレスを心配して声を掛けてくれたくらいだ。

「お嬢さん、一人なの？」

品の良さそうな婦人にセレスもにこやかに対処した。

「はい。私は薬師なんですが、ハーヴェの町に先輩の方がいるので、その方に教えを請いに伺おうと思いまして」

「まぁ、珍しい女性の薬師さんなのね。普段はギルドにいるの？　それともどこかのお店？」

「花街の近くにあるガーデンというお店を継ぎました」

「ガーデン？　前の薬師ギルドの長のお店だったところかしら？」

「はい、ご存じですか？」

「ええ、お世話になっていたもの」

懐かしそうにほほほ、と笑う老婦人に旦那さんの方は、ちょっと複雑そうな顔をしていた。

「ああ、あのへん……腕は確かだった方のお店か」

気を遣わなくていいですよ。もう変態と言い切ってください。

会う人会う人にちょっとだけ気を遣われて「変態」と言わないようにされるので、もういっそうきっぱり言ってくれと思ってしまう。

セレスは、しょせん変態の孫弟子だ。

自分だって普通の薬師らしくない薬師だという自覚が最近出来てきたので、大師匠と師匠がどんな呼ばれ方をしていようが気にしない。

「はい。まだ店は開店前ですが、開店したらぜひいらしてください。ちゃんと一般向けの薬も販売しますから」

花街の近くだからといって、そちら向けの専門店にする気はない。お店の規模が小さいので常時店頭販売とはいかないが、少し時間をもらえれば調合は出来るし、ギルドから取り寄せることも出来る。

「そうねぇ、うちからはあそこが一番近いから、お店が再会するなら寄らせてもらうわ」

「よろしくお願いします。必要な薬があるようでしたら、先に教えていただければ用意しておきますので」

「あら商売上手ねぇ。しっかり常連さんを捕まえるつもりね？」

「捕まっていただけますか？」

「仕方ないわね、ふふふ」

面白そうに老婦人が笑うと、旦那さんも苦笑していた。

「お嬢さんも面白い人だねぇ。あそこに店を構える人間は、なかなか個性的な人ばかりだわ」

「そういえば、一時あそこにいた方も女性だと思っていたのに、男性だと聞いて驚いた覚えがあるわ」

「あの人は、今の薬師ギルドの長だよ」

老夫婦の会話から、どうやらアヤトのことも知っているようだった。

ガーデンの管理を引き受けたことに全然後悔はないのだが、どうしよう、師匠たちのおかげで近隣住民の方々から、個性的な人が管理するお店と認定されている。

お店のイメージ的に大丈夫だろうか。

すでに花街の女性たちから、普通に売っていない物を売っているお店として認識されているのだが、セレスの薬局のイメージが異世界の大型店舗なので、こちらの世界の薬屋と違うことに気が付いていいなかった。

そんな感じで会話しながら馬車に乗っていたので、ハーヴェまでの道のりはあっという間だった。急ぐこともなくのんびり進んだ馬車がハーヴェに着いた時は、すでに夕方近くになっていた。老夫婦とはそこで別れて、セレスも今夜の宿を決めるべく、ハーヴェの薬師ギルドに足を運んだ。

前回来た時にハーヴェに来たら必ずジークフリードの定宿に泊まるように言われていたが、今回はジークフリードの許可も取っていないし、正直、一人であそこに泊まるのは敷居が高いので、ギルドで宿を紹介してもらうつもりだった。幻月《げんげつ》の花《はな》を見に行った時にも各地で利用させてもらったが、薬師ギルドと提携している宿ならばそんなに悪くはないし、それなりに安全な宿のはずだ。

夕暮れ時の大通りにはまだまだ人もたくさんいるし、温泉街なせいか何だか空気がまったりしている気がする。一人で歩いていても、ちょっと心がうきうきしてきた。

「ふふ、こういう雰囲気、やっぱり好き」

カップルや家族連れなどが、どこを見ても楽しそうにしている。そういう人たちを見ているだけでも楽しい。

食べ歩きしながらギルドへの道筋を尋ねて歩いていると、大通りから離れた道の奥に神殿が見えた。すぐ裏が山になっていて、そこだけ空気が違う感じがする。

「……気になる」

遠くてどの神様を祀《まつ》っている神殿なのか分からないが、何故《なぜ》か気になったセレスはふらふらと誘い込まれるようにそちらに向かって行った。

近くに行くと、神殿の前でシスターと子供たちが掃き掃除をしていた。

「こんにちは。旅の方ですか？」

優しそうなシスターがセレスに気が付いて挨拶をしてくれた。

「はい。こちらはどなたを祀っている神殿なんですか？」

「太陽神アポロージュス様です。ここは孤児院を兼ねた神殿なんです」

気になったのでてっきり月の女神の神殿かと思ったら、まさかの太陽神の方だった。

太陽神アポロージュスとは、関わってはいけない気がする。

天上で母なる女神が文句を言っているかもしれない。けれど、多分、セレスが今ここで必要なのだ。必要だからこそ、太陽神が呼んだのだ。

「私は王都で薬師をしている者です。こんな時間ですが参拝させていただいてもかまいませんか？」

「まぁ、こんな小さな神殿でよろしいのですか？　王都には、もっと立派な太陽神殿があると思いますが……」

「ここに来たのも何かの縁ですから」

セレスは、王都の太陽神殿に行ったことはない。すごく煌《きら》びやかで立派な神殿だと聞いてはいるし、遠くから見たことはあるが、行くのは月の神殿ばかりだ。

「それでしたらどうぞ」

困惑しながらも、シスターが許可を出してくれた。

「えー、ねーちゃん、こんな汚い神殿でいーの？」

「こら！　汚いはないでしょう！　ちょっと古いだけよ」

「でも、あっちこっち汚れてるじゃん」

「あんたたちが汚してんじゃん。ちゃんと掃除してよね」

ほうきや掃除道具を持った子供たちが、わちゃわちゃ言いながらセレスを好奇心一杯の目で見てきた。

「ふふ、いいのよ。ここがいいの」

セレスがそう言うと、ぱっと顔を輝かせた子供たちがセレスの手を引いた。

「じゃあ、こっちだよ！」

得意気な子供たちが連れてきてくれた礼拝場には、迫力のある太陽神アポロージュスの像が祀ってあった。

これでもかという筋肉美をもつ肉体。服ではなくて幅広の布を纏《まと》っていて、その身体《からだ》の美しさが最大限に引き出されている。簡単に言うと、肉体美を見せつけにきている。

あれ？　一般的なアポロージュス様の像って、もうちょっと布多めの物が多くない？

確かに露出はあるが、胸板の一部だけとか、服の上から筋肉が分かるようにしている像が多かったと思う。

ここまで露出されているのは、珍しいのではないだろうか。

セレスの無言の困惑を感じとったのか、シスターがいたたまれない様子をしていた。

「すげーだろー、俺たちのアポロージュス様。憧れるよな！」

シスターとは対照的に自慢気な男の子の素直な感想に、セレスは頷《うなず》くしかなかった。

「えっと、その、ですね。この像はアポロージュス様の天啓を受けたという方が彫った像でして……」

「あ、はい」

多分、その天啓は本物だと思います。おそらくですが、アポロージュス様はこの像がものすごくお気に入りなんじゃないでしょうか……。月の女神の娘である私を呼び寄せて見せつけるくらいには。

セレスはそう思ったが、さすがに言葉には出さなかった。

言霊《ことだま》、というものがあるので、本当だったらアポロージュス様が出てきそうで怖い。

「えっと、姿はともかく、ものすごく細かく彫られていて、布の流れるようになっている部分とかすごいですね」

不自然なところなど全くない。

「はい。一般的な像より、こちらの像の方が良いとおっしゃる方もいますから」

「そうですね、その気持ちは分かります」

妙な躍動感もあるし、ひょっとしたらこの像が天上のアポロージュス様に一番近いのかもしれない。

ただ、これだと母である女神からは嫌がられそうだが。

「この国の王家は太陽神様と関わりがあると言われていますから、この神殿にも何代か前の国王陛下がお見えになったんですよ」

「そうなんですね。うーん、でしたら、今の国王陛下はこのアポロージュス様に似ているんでしょうか?」

「ふふ、陛下がハーヴェにいらした時に拝見しましたが、さすがに似てらっしゃいませんでしたよ」

「あ、こんな筋肉美の方ではないんですね」

冒険者の中でもここまでの筋肉を持つ人はいないし、国王陛下が持つ必要もない。騎士団長とかが憧れそうだよね、と思っていたら、シスターが、騎士の方がよく来られるんですよ、と教えてくれた。

「この像にはちょっとした伝説がありまして、対になる月の女神様の像がどこかにあるそうなんですよ。女神様の像をずっと捜し求めている、と言われています」

「……ひょっとして、女神様の像もきわどい姿なんでしょうか……？」

もしそうだった場合、女神本人か、娘である聖女の誰かが隠した可能性があるんですが……。

記憶を持たないセレスでは、隠した場所が分からないけれど、ちょっと見てみたい気もする。

「誰も見たことがないので、何とも言えませんね。ですが、さすがに女神様まできわどいお姿だとは思えませんので、もう少し大人しいと信じたいです」

「えーそうか？　女神様の像もかっこいい方が、俺的にはいいんだけどなー」

太陽神の像に憧れを持つ少年の言葉に、セレスとシスターはくすりと笑った。

「さ、おしゃべりしていないでもう片付けてきなさい。もう少ししたら夕ご飯ですからね」

「はーい」

もう興味を失ったのか、子供たちはセレスにばいばーいと言って手を振りながら戻っていった。

「ふふ、申し遅れましたが、私はメアリーと申します」

「あ、私、王都で薬師をしているセレスと申します。ここへは少し勉強をしに参りました」

「勉強ですか？」

「はい。この近くで店を構えている女性薬師の方に、少し教わりたくて」

セレスの言葉にメアリーは少し考え込んだ様子をみせた。

「ああ、あそこの薬師の方には私たちもよくお世話になっています。そうですか、王都の薬師の方ですか」

メアリーは、何かを決意したような顔でセレスを見た。

「セレスさん、初対面でこんなお願いをするのは大変厚かましいとは思います。ですが一人、診ていただきたい子がいるんです」

胸の前でぎゅっと両手を組み、祈るようにメアリーはセレスを見た。

「病人ですか？　はい、大丈夫です。どちらにいらっしゃるんですか？」

対してセレスは、当り前のような返事をしたので、メアリーの方が一瞬、あっけにとられてしまった。

「あの……お願いしておいて何ですが、いいのですか？」

「もちろんです。私たちのような町の薬師は、こういう時のためにいるんですよ。ですが、この町にも薬師はいますよね？　お医者様も。その方たちには診せていないのですか？」

病人を診るのはもちろん構わないのだが、この町には薬師ギルドだってある。旅の薬師に頼るほど薬師不足には見えないのだが。

「えぇ、すでに診てもらっています。ですが王都の薬師の方でしたら、もっと何か他の方法をご存じないかと思いまして」

メアリーは、がっくりと肩を落とした。

セレスがこれから向かおうとしていた女性薬師にだって診てもらったし、数少ない医者にだって診せた。だけど、体質なのだからどうしようもない、そう言われて終わってしまった。

セレスは王都の薬師なので、もしかしたら対処法などを知っているかもしれないと思い、お願いしたのだ。

「その方はどちらに？」

「裏の孤児院の方にいます」

セレスは、自分が薬を作れるくらいのことならいいな、と思いながら孤児院へ向かった。

◆

「見失った？　ふざけた報告だな」

声を荒らげているわけではないのだが、どこまでも冷たくて、聞いただけで死にそうになる声が部屋に響いた。

「申し訳ございません。まさか、お嬢様が急に馬車に乗って出かけられるなんて思いもよりませんでした」

セレスの護衛に付いていた影の者は、俺、もうだめかも知れない、と内心びくつきながらジークフリードに頭を下げていた。

赤水病の後始末やら何やらでちょっと人手を他の仕事に割《さ》いていたら、セレスが突然、旅だった。

あまりにも予兆がなくて、アヤトにも確認したが全く知らなかったというセレスの旅立ちに、影の者は追いつけなかった。

いつも通り近くの店にでも行くのかと思ったら、馬車乗り場に行ってそのまま来ていた馬車にすぐに乗り込んで行ってしまった。

あまりに早い出来事にあっけに取られながら確認したら、その馬車はオルドラン公爵領行きだった。だが、最終目的地がオルドラン公爵領というだけで、途中でいくつかの町や村を経由するため、セレスがどの場所に向かったのかは見当が付かない。

「お嬢様が今、一番欲しい薬草は何でしょうか？」

目当ては薬草だと思う。前回は幻月の花だった。今回は何だろう？

「陛下、一緒にいらした時に何か聞いていないでしょうか？」

師匠であるアヤトも知らないとなると、もう知ってそうなのはジークフリードくらいしかいない。

現在、自分を恐怖に陥れている張本人だが、これ以上は本当に死んでしまいそうになるので、手がかりをください。

「あいにくだが、俺も知らん。仕方ない。オースティに連絡を取って、オルドラン公爵領を捜索してもらうか」

セレスが関わっていなければ借りを作りたくない相手ではあるが、この際、そんなことは言っていられない。

「……いや、待て……ハーヴェだ」

「ハーヴェ？　温泉の町ですか？」

「そうだ。あの町は、ちょうど各地へ分岐する場所だ。花街でセレスがもっと薬について学びたいと言っていた覚えがある。あそこには、婆の弟子がいるからな」

花街にいた時に、お姉さんたちの悩みを聞きながら、もっと色々と出来ることがあると思うから勉強したいと言っていた。今回は薬草じゃなくて、薬師としての知識そのものが目当てだ。

「何名か連れていって手分けして捜せ。一応、オースティにも連絡しておくが、おそらくハーヴェにいると思う」

「はッ！　すぐに向かいます」

影の者が部屋から出て行くと、ジークフリードは髪をかきあげた。

「まったく、少し目を離すとこれか」

すぐにふらふらと一人でどこかに行ってしまう。

ふらっといなくなり、行く先々で厄介ごとに巻き込まれていれば、閉じ込めたくもなる。

不本意ながら、先祖たちの気持ちも理解出来た。

今回だってきっと見つけ出した頃には、何かしていそうだ。

「仕方ないな」

少し仕事を調整して、時間を空けるしかない。

セレスにはあの時に泊まった宿屋を使えと言ってはあるが、一人だと恐らく遠慮して使わないだろう。

温泉の町なのでそうそう変な宿屋はないだろうし、セレスも基本的にはギルドで紹介される宿屋に泊まると思うので、影の者たちが今日中に見つけ出して護衛につけば大丈夫だろう。

そう思っていたのだが、翌日、ジークフリードにもたらされた報告は、セレスがハーヴェで降りたのは確かだが、薬師ギルドにも婆の弟子がいる薬屋にも行っていないということだった。

◆

「どうかな？　少しは楽になってきた？」

「うん。お姉ちゃん、ありがと」

青白い顔をした少女にセレスは薬湯を渡した。

セレスはあの後、コレットの様子を見るためにこの孤児院に宿泊させてもらっていた。

思い付きでハーヴェまで来たのでどこにも宿泊の予約などしていないし、婆の弟子だった女性の店にはいつでも行ける。今はこの少女の方が優先事項だと思い、泊めてもらったのだ。

すでにこの町に着いてから三日ほど経《た》っているが、孤児院と近くにある共同浴場、それに薬草の販売店くらいしか出歩いていないので、軽い引きこもり状態だ。

「コレットの身体は、ほんの少しだけ他の人より血を作るのが下手なの。だから、身体に足りない分をこうやって補っていこうね」

コレットは顔色も青白く、ひどい時には起き上がれないくらいの重度の貧血だった。

確かに薬師ギルドでも貧血の薬というのは見たことがない。昔はあったらしいのだが、主となる薬草が絶滅してしまったので、そこからは作られていない。

セレスの周りの人たちは、元気よく走り回っている人ばかりなので、こういう症状があることも忘れていた。

「わたし、血を作るのが下手なの？」

「ちょっと苦手かな。でも、普段から気を付けてご飯を食べたり、薬を飲んだりすれば改善は出来るから」

鉄分の多そうな食事とサプリメント。それから薬の開発。

頭の中でセレスがどの薬草が効果がありそうか考えていると、メアリーがやってきた。

「おはようございます、セレスさん。コレットはどうですか？」

「おはようございます。すぐに治すことは出来ないですが、改善はしていけるので大丈夫ですよ」

「ああ、よかった。コレット、朝食をおいておくからゆっくり食べてね。セレスさんは食堂の方へ」

「分かりました。コレット、また後でね」

「はーい」

子供らしい声で返事をしたコレットに手を振ってから、セレスたちは部屋を出た。

「コレットのこと、ありがとうございました。あの子はまだ子供なのでこうして静かに過ごせますが、ここは孤児院なので成人になったら出て行かなくてはいけないんです。ですが彼女の身体のことを考えると、ここを出て行ったところで生きていけるかどうかも不安でしたし、かといってシスターになったとしても子供たち相手は体力が要りますから」

いつか孤児院を出て行く時が必ず来る。その時に少しでも元気な状態で出してあげたかった。幸いこの孤児院は寄付にも恵まれているし、アポロージュスの像を見に観光客も来るので、コレットの薬代も何とかなっている。

「そうですね。貧血だけでしたら、それほど薬が高価になることはないと思います。何ならコレットが実験体……じゃなくて治験に協力してくださるなら、薬代は私が出しますよ」

「じ、実験体……？」

言い間違えたにしては、はっきりと実験体と言ったセレスの言葉をメアリーは聞き逃さなかった。

というか、危険な単語すぎて聞き逃せなかった。

そういえば以前、王都の薬師はいつも実験体を求めて彷徨《さまよ》っているとか何とか聞いた気が……。

「大丈夫です！　危険な薬草は使いませんから。ちゃんと効果が分かっている安全な薬草を使います」

「え、ええ。お願いします」

セレスが勢いよく言ったので、とりあえずは信じてみよう。古《いにしえ》の魔女とかではないのだから、真っ当な薬師だと信じたい。

「あれ？　あれは何ですか？」

セレスが窓の外を見て、何かを指さした。そこには、小屋が建っていて、そこから子供たちが出てきていた。

「ああ、あの小屋は裏山にある洞窟の入り口なんです」

「洞窟？」

「はい。裏山の地下に自然に出来た洞窟があるんですが、地下のせいかひんやりしてるんです。入り口の辺りを食べ物の保管場所に使わせてもらってるんですよ」

「へぇー」

確かに洞窟などの地下は、地上よりも冷たくて一定の温度が保たれているので、保管場所としてはちょうどいいだろう。

「危なくはないんですか？」

「だいたい調査されているので、危険はないですよ。ただ、あまり奥に行くと迷子になってしまうので、本当に入り口だけ使ってるんですよ。子供たちにもよく言い聞かせてあるので、あの子たちも行くのは入り口までです」

「よく子供たちが納得してますね」

絶対好奇心に駆られて奥まで探検に行く子がいると思っていた。

「ふふ、一応、年に一回は冒険者の方を雇って点検がてら奥の方まで行くんです。その時に年長の子供たちも少し奥の方までは一緒に行けるので、何もないことを皆、知ってるんですよ」

「順番待ちですか」

「そうですね。上の子供たちが、本当に何もなかったと言ってがっかりして帰ってくるので、下の子供たちもあの洞窟の奥に夢や好奇心は持たないんですよ」

くすくすと思い出し笑いをしているメアリーは、そんな光景を何度も見てきたのだろう。

「私もこの孤児院の出身ですから、あの子たちの気持ちはよく分かります。あ、ですが、光苔《ひかりごけ》が生えているので、洞窟の中でも明るくて不思議な感じはしますよ。よければ一度、ご覧になりますか？」

その洞窟の中のことを何も知らないセレスの目に好奇心が漂っているのを感じたのか、メアリーがそう提案してくれた。

「ぜひ、お願いします！」

王都にはないものだし、ぜひ見てみたい。

「子供たちよりも興味津々ですね」

「あの子たちにはきっと見慣れた光景なんでしょうが、私は洞窟を見るのは初めてなんです」

「では、朝食後に案内しますね」

「はい！」

セレスは、コレットの貧血や洞窟に夢中になっていて、アヤトに手紙を書くということをすっかり忘れていたのだった。

◆

洞窟に繋《つな》がる小屋はそれほど大きな建物ではなく、床が土のままになっていて、そこに荷物が少し置いてあるくらいだ。

「うわー、すごい。こんな風になってるんですね」

むき出しの地面に大きな穴が開いていて、そこから階段状に地下に向かって降りられるようになっていた。

「ねーちゃん、見るの初めて？」

「うん。ミゲルは毎日行ってるの？」

「食料取りに行くだけだよ。それに本当に奥の方には何もないんだぜ」

ミゲルは年長者なので、一度、洞窟の奥の方に行ったことがあるが、入り口と大差ない光景が広がっているだけだった。

「何もないけど、広場みたいな場所があるんだよ。そこに虫がいたんだけど、白っぽかったな」

「日の光を浴びてないからかな。人だってずっと家に籠もっていると色が白くなっちゃうし、かといって日の光を浴びすぎると皮膚がやけどしちゃうから気を付けないといけないし。ほどほどが一番だよね」

「ほどほどかー。そういや、俺等みたいに外で遊んでるやつの日焼けはすげーもんな」

「そうだねぇ、でも、皮膚が弱い子や身体が弱い子には気を付けてあげてね」

「おう、分かった！」

基本的にミゲルは面倒見のいい性格をしているようで、年下の子供たちをさりげなくフォローしている。さっきもちょっと躓《つまず》きそうになった女の子の腕を摑《つか》んで、転ばないようにしていた。

「ねーちゃん、階段、気を付けろよ。けっこう急なんだよな。あんたちょっとドジっぽい感じがするから、滑って落ちそうだもん」

「え、そうかな？　運動神経は、人並みにはあると思うんだけど」

今まで不自由はしたことがないので、それなりにあるとは思う。

「あってもねーちゃんは何もないところでこけそうじゃん」

……それは否定出来ない。

「ミゲル、人はいつでも危険と隣合わせに生きてるんだよ」

「ねーちゃん、ちょっと気を付ければ未然に防げることは防ごうな」

「……はい」

年下の男の子に言われた言葉に反論出来ない。

どうしよう、この子、持って帰って助手にしてもいいだろうか。薬草の管理とかしっかりしてくれそうだ。

得がたい人材な気がする。

「ねぇ、ミゲル。将来、王都に行く気があるのなら、薬師ギルドに就職しない？」

セレスの助手よりも、薬師ギルドの管理の方が安定した高収入が得られるので、とりあえず勧誘してみる。

「その気があるのなら、王都にいる薬師ギルドの長宛に紹介状を書くよ？」

「そんなエライ人と知り合いなのかよ？」

「えへへ、実は私の師匠なのですよ。うちのギルド、受付や在庫管理なんかは一般の人がやってくれてて、すっごく助かってるの。もし薬師になりたいっていうのなら、うちの師匠に弟子入りするか、もしくはここに住んでる薬師の誰かを紹介してもらえるようにお願いしてみるよ？」

ミゲルならば、すぐに紹介してもらえるだろう。アヤトに気に入られれば、そのまま王都の薬師ギルドに問答無用で入れられる可能性もある。

個人的には、将来、薬師ギルドを仕切ってもらえる人になってくれれば万々歳だ。

あのちょっとアレな人たちを、常識人の枠で纏め上げてほしい。

「……まって、もしミゲルが本当に私の弟弟子になったら、将来的にギルド長の座に就いてもらえる？」

薬師としての腕さえ確かならば、あとはアヤトの養子にでもなってしまえばいい。学園に通って貴族としての教育も受けてもらって、アヤトに色々と仕込んでもらえば、いける気がする。

そうなれば、セレスが薬師ギルドの長になることもない。

「メアリーさんに相談しないと！」

自分のためだけではなくて、孤児院も縁のある薬師がいた方が何かと都合がいいだろう。コレットみたいに身体の弱い子だっているし、将来の就職先の一つに薬師という選択肢が増える。薬師ギルドの方でも万年人手不足に嘆いているんだから、希望する孤児たちを弟子にして薬師の数を増やしていけばいい。

セレスはそんな考え事をしながら階段を降りていたせいか、見事に足を滑らせた。

「あっ！」

「ねーちゃん！」

ミゲルがとっさに手を伸ばして捕まえてくれたので落ちなくて済んだが、そうでなければ一番下まで落ちていっていただろう。

「ねーちゃん、俺、言ったよね。気を付けろって！」

「すみません」

言われたばかりだったので、これは全面的にセレスが悪い。

「チビ共と一緒かよ。ねーちゃんの恋人さんも大変だな」

「へ？　恋人？」

「いないのかよ？　ねーちゃんみたいな綺麗《きれい》な人だったら、絶対いると思ったんだけど」

恋人……恋人？

チラッとだけジークフリードの顔が浮かんだが、セレスは慌てて否定した。

「い、いないよ！」

「お、おう。でもねーちゃん、本当に気を付けろよ。けっこう滑りやすいからな」

「うん。ありがとう」

セレスの勢いにミゲルはちょっと驚いていた。さすがにこれだけ言われてまた落ちるようなことがあったら、年上としてどうかと思うので、考え事は中止して慎重に降りていった。

「はい、到着。キレーだろ？」

「すごい。光苔のおかげで全然暗くないね」

洞窟全体がうっすらとした明かりで照らされている。この洞窟に自生している光苔は、それほど光量のないタイプのようで、周囲を照らすにはちょうど良いくらいだ。光苔も種類によっては強烈な光を放つタイプもあるらしいので、この洞窟は人が使うには最適な空間となっていた。

「でも、あんまり光が届かないところには行くなよ。足下とか危ないから。一応、ランタンも置いてあるから使ってもいいぜ」

気遣いの人ミゲルの言葉に従い、光に照らされている場所だけを眺めていたら、ゲコっという鳴き声が聞こえてきた。周囲を見回して鳴き声の主を捜せば、ちょっと離れたところに白っぽいカエルがちょこんと座っていた。

「ミゲル、カエルがいるよ」

「カエル？　何でこんなところに？」

「ここで見たことないの？」

ミゲルが不思議そうに言ったので聞いてみれば、昆虫は見たことがあるが、カエルはないとのことだった。

「奥に湖があるって言ってたじゃない。そこに住んでるのかな？」

「あるけど、けっこう奥だぞ。こんなところまでカエルが来るかなぁ？」

「そうだねー、カエルも水辺の生き物だし」

身体が白っぽいからこの洞窟で生まれ育った子なんだろうけど、ここにいるのはちょっとおかしい生き物だ。

セレスとミゲルに見られているカエルは、その視線に全く動じることなくのっそり動き出した。のそのそと歩いて行くので何となくカエルの後を追って行くと、食料が置いてある場所から見ればば、壁からちょうど岩が出て見えなくなっており、光も届かない場所の、壁と床の境くらいにちょっとしたくぼみがあり、そこに入っていって姿が見えなくなってしまった。

「……どこ行ったの？　ミゲル、ランタンを持ってきて」

「おう。ちょっと待ってろ」

ミゲルがすぐに持ってきてくれたランタンでその場所を照らすと、大人の手を広げたくらいの穴が開いていた。

セレスがその周りの土を触ると、とても柔らかくてすぐに掘れそうな感じだ。

「ここに入っていったのかな？」

「みたいだな。こんなところがあるなんて、気が付かなかった」

「ちょうど死角になる場所だもんね。光苔もないし」

床だけでなくて、壁も柔らかいのかな？　と思ってセレスが触ると、ガラガラっという音を立てて壁が崩れた。

「うわっ！　危ねぇ！　ねーちゃん、大丈夫か？」

「う、うん。壁に穴が開いたよ？」

「見りゃ分かる。チビ共がいない時でよかったよ。こんなの初めて見た」

壁には子供一人がちょうど通れるくらいの穴が開いていた。大人なら、屈《かが》んで行けば通れそうだ。

横幅もそんなにないので、体格の良い大人だと通れなさそうなくらいだ。

洞窟の横道の入り口らしき縦穴で中は光苔が所々点在して照らしている。

「あ、カエル」

壁が崩れる音に驚いたのか、道の真ん中でカエルがこちらを見ていた。

じっと見つめた後、再び奥を目指して急ぐこともなく歩いて行ったので、おそらくカエルが普段住んでいる場所へと繋がっている慣れた道なのだろう。

貴方《あなた》が発見した未知の洞窟が、貴方を奥へと誘っています。進みますか？　止《や》めますか？

気分はそんな感じだ。異世界のゲームの中でなら、確実に進むを選ぶ。

「……行ってみる？」

「止めとけ、ねーちゃん。まずはシスターとかに報告してからだよ。もし俺たちがこのまま行方不明になったらヤバイだろ？」

素晴らしく正論だったので、セレスは大人しく頷いた。

さすがにここに行くのなら、それなりの装備とか人数とかが必要になると思うので、間違っても軽装で行っていい場所じゃない。

「でも、しばらくチビ共は入れないようにしないとな。アイツ等なら行きそうだし」

「むしろ子供たちの方が、ここを行くにはちょうどいい感じだね」

大きさ的に苦もなく入れるだろう。大人の方が苦労しそうだ。

「あ、でも奥はちょっと広そうだよ」

照らされた奥の方は、何となく広くなっている気がする。

「戻ってどうするか決めようぜ」

「うん」

セレスとミゲルは、とりあえず何もせずに洞窟を出て行った。

◆

その報告を聞いて、メアリーはどうしたものかと悩んだ。

「未知の場所、ですか？」

「ひょっとしたら、ただの近道で、奥にあるという湖の辺りに繋がっているだけなのかもしれません」

「でもねーちゃん、あそこはけっこう調べられてるけど、あんな風な縦穴なんてなかったぜ。方向的にも違うっぽいんだよな」

行ったことのあるミゲル的には、行ったことのない場所に繋がっているんじゃないかということだった。

「そうですね。仕方ありません。冒険者ギルドに依頼を出します。私と一緒に冒険者ギルドに行って、その縦穴について詳しく説明して頂けますか？」

「だってよ、ねーちゃん」

「多分、ミゲルの方が説明とか上手《うま》いと思う」

そこのところは、負けで大丈夫です。ミゲルは本当に的確なんです。

そもそもあの洞窟に入ること自体が今日初めてだったセレスが説明なんて出来るのかな、と思いながらも結局は三人揃《そろ》って冒険者ギルドに行くことになった。

◆

冒険者ギルドは、ちょうど朝の混雑も終了して冒険者たちは誰もいなくなったところだった。

受付に座っていたターニャが机の上に重なっていた書類の整理をしようと思ったら、一枚の依頼書がひらりと床に落ちた。

「あーこれかぁ。こんな子、うちになんて来ないと思うけど」

それは今朝、重要事項として受付全員に伝達された極秘の依頼書だ。

基本的にこの極秘の依頼書が来た場合、その内容は誰にも言ってはいけない。国の重要機密に関わることも多いので、もし一言でも漏らしたことが発覚したら、クビで済めばいい方だ。下手したら牢屋《ろうや》行きだ。首と胴が繋がっていればいいな、的なことにもなり得る。

ただおかしなことに、今回は極秘と言いながら依頼内容は人捜しだった。それも見かけたらギルド長に報告するだけでよくて、捕まえるとかそんなことは一切しなくていい。

捜されてる人は何したのよ、と疑問に思ったが、それを知ろうと思うことも許されることじゃない。

しがない受付嬢としては、言われた通りにするだけだ。

ギルド長だって、うちに来ることはまずないだろう、って断言してたし。

そんなことを思っていたら扉が開いたので急いで極秘の書類を隠すと、入って来たのは見知った女性だった。

「あらメアリーさんじゃない。どうしたの？」

近くにある孤児院のメアリーだ。あそこのアポロージュス像は冒険者にけっこう人気で、ターニャも他ではあまり見かけない筋肉質の神像はお気に入りなのでたまに通っている。

「うちの裏にある洞窟についてなんですが」

「あそこがどうかしたの？」

「今日、新しい縦穴をこの子たちが見つけてきたんです。それで、その縦穴の調査をお願いしたくて」

「調べ尽くしたと思ってたけど、まだそんな場所があったのね」

ターニャも入らせてもらったことはあるが、特に危険のない洞窟だ。だからこそ、孤児院では食料の保管庫として使っていて、子供たちも出入りしていることは把握している。

「そうなんです。たまたま、ミゲルとセレスさんが見つけて」

「セレスさん？」

「王都からいらした薬師の方で、コレットを診てもらってるんですよ」

メアリーとミゲルの後ろから、小柄な少女がぺこりと頭を下げた。

少女を見てターニャは、先ほどまで見ていた極秘の依頼書の内容を思い出した。

髪は銀色、もしくは黒色。瞳は深い青色。十代半ばの王都の薬師の少女。

名前も一致している。

ギルド長、大変です。うちに来ました。

内心の動揺を綺麗に隠してターニャがチラッと横を見ると、先輩がそっと奥の部屋に入って行ったので、これでギルド長には伝わるはずだ。

「ハーヴェの冒険者ギルドへようこそ、セレスさん」

彼女が何者だろうと、依頼されたことは果たしたので、あとは本来の仕事をするだけだった。

◆

冒険者ギルドに新たに出現した縦穴について調査の依頼をしたら、ちょうど受付に顔を出したギルド長が信頼出来る冒険者を紹介してくれることになったので、セレスたちもその日は特に何もせずに孤児院へと戻った。

翌日、コレットの体調を確認してから朝食を食べ終えて、室内で子供たちの相手をしている時にギルド長からの紹介だという冒険者がやって来た。

「子供に囲まれているセレスというのも新鮮だな」

ジークフリードが笑顔で立っていたのだが、何だかものすごく怖い。

「えっと、ジーク、さん？」

花街でもこんな感じだった気がするが、あの時と違ってジークフリードが怖い。

「セレス、王都で皆、心配してるんだけど？」

「あ！　すみません。連絡をしていなかったです」

ハーヴェに着いてから手紙を書こうと思っていたのを、すっかり忘れていた。

これでは、セレスは立派な行方不明者だ。

セレスはジークフリードに怒られるのを覚悟して、その場に正座をした。

なぜかジークフリードも、セレスと向かい合うように正座をして説教を始めた。

「弟くんが心配してたよ。アヤトもどこかの薬師ギルドに顔を出すのかと思って連絡していたみたいだけど、どこも来ていないって返答があって困っていた。セレス、どこに行くのも自由だが、居場所だけは知らせてくれ」

「……大変申し訳ありませんでした」

「君を縛るつもりは誰にもない。思い付きでどこかに行ってもかまわない。だけど、俺たちはセレスを心配しているんだ。それだけは忘れないでくれ」

「はい」

花街に閉じ込められた時は王都内のことだったし、そもそもユーフェミアたちに会いに行った時の出来事だったので居場所は分かっていた。

でも、今回は誰にも言わずに思い付きで来てしまったので、全面的にセレスが悪い。薬師ギルドにも顔を出さず孤児院に引きこもっていたので、偶然見かけた、とかもなかったはずだ。

ジークフリードの説教は少々長めだったので、見かねたメアリーが仲裁に入ってくれてようやく終了した。

当然、セレスの足はしびれていて、何故か同じように正座していたジークフリードもしびれたようだった。

二人して足のしびれと闘ったあと、しばらくしてようやく立ち上がれたくらいだ。

「冒険者ギルドにセレスが来たと聞いて、急いでこっちに来たんだ。まぁ、ここにずっといたのなら、誰にも見つけられなかったはずだよ。でも、セレス、いつの間に孤児院の人たちと知り合ったんだ？」

前回、ハーヴェには初めて来たと言っていたのに、なぜハーヴェの町でも少し外れにあるこの孤児院にいるのだろう？

「偶然です。……偶然、かな？」

言い切った後に疑問符が付くのはなぜだ？

「アポロージュス様が導いてくれた、のだと思います」

「アポロージュス様？　表の神殿のアポロージュス様の像は確かに個性的だったが」

孤児院に来る前に参拝してきたが、あれだけ露出と筋肉を強調している神像も珍しい。

「はい。何となく、呼ばれた感じがして」

呼ばれた理由が、自分の筋肉を見せつけるためだけではない、と信じたい。

実際、コレットは貧血がひどいし、洞窟では謎の縦穴も見つけた。きっとアポロージュス様の本命の用事はこっちのはずだ。

「ふーん、それは見つけた縦穴に関係がある？」

「今のところは不明ですが、今まで見つかっていなかった縦穴を私が偶然見つけられたというのはちょっと……」

何か意味があるように思えるのは自分だけだろうか。

孤児院でずっと使っていたのに誰も気が付かなくて、セレスが行った時にたまたまカエルが出入り口まで案内してくれたというのは少々出来すぎている。

「そうだな。だが、アポロージュス様の導きならそう悪いことじゃないだろう。セレスも準備しておいで」

「準備？　何の？」

子供たちの相手をするのに何の準備がいるのだろう？

強いていうのなら、体力を付けることくらいだろうか。

「縦穴に入る準備だよ。行きたいんだろう？」

「いいんですか？」

本音を言うと行きたかった。けれど、さすがに何があるか分からない未知の場所では足手まといになるだけだと思い、冒険者が来たら大人しく待っているつもりだった。

「セレスが自分で言っただろう？　アポロージュス様がセレスを呼んだ理由はそれかもしれないって。だったら一緒に行って確かめればいい」

洞窟に関する調査書も読ませてもらったが、過去に問題が起きたことは一度もなく、危険もない場所だと報告されていた。入り口だけとはいえ、子供たちも出入りしている場所ならば、セレスが一緒でも大丈夫だろう。

それにもし本当に太陽神がセレスを呼んだ理由がそこにあるのならば、セレスが行かなければ意味がない。

「分かりました。すぐに用意してきます」

セレスが急いで自分の部屋に走って戻って行く様子を眺めていたら、子供がくいくいっとジークフリードの服を引っ張った。

「あんた、ねーちゃんの恋人？」

仲間からミゲルと呼ばれていた少年が、そう問いかけてきた。

「そうだ。と言いたいところだが、正確には将来的になろうとしている男だな」

「ふーん、ねーちゃんのこと、好き？」

「ああ、好きだよ」

言い切ったジークフリードに、ミゲルはうんうんと頷いた。

「大変そうだよな、ねーちゃんの好奇心を暴走させないように適度に抑えるの」

言われたジークフリードは、おや？　と思ってミゲルを見た。

面白そうな人材発見？　今すぐとは言わないが、将来的に王宮勤めをしてくれないだろうか。

「ここの孤児院の子供だよな？」

「そうだよ。ねーちゃんと一緒に縦穴見つけたの、俺なんだ」

ちょっと自慢している感じもまだまだ子供っぽくて、変な風に尖《とが》っていないので好感が持てる。

「なぁなぁ、にーちゃんって王都の人間だろ？」

「ああ」

「ねーちゃんに薬師ギルドの長の弟子になるか職員にならないかって誘われてるんだけど、長ってどんな人？」

すでにセレスが王都に誘った後だったようだ。どこも人手不足なので、少しでも見込みのありそうな人間は確保したいのだろう。

「そうだな、今の薬師ギルドの長は、若いが薬に対する知識や腕前は国内でも最上位に入るだろう」

「薬以外のことは？」

「敵対しなければ害はないし、むしろ弟子や職員には優しいぞ。最近は女装も止めたしな」

「は？　女装？」

「男性だが、女性ものの服を着るのが好きだっただけだ」

恋人が出来てから女装は止めたようだが、その気になればいつでもやるだろう。髪は短くなったが、そんなものは何とでも出来る。

「だが、選択肢としては悪くないんじゃないかな。お前という成功例が出来れば、後に続く孤児たちもいるだろうから。給料も悪くないし、他の仕事を紹介することも出来るだろう」

薬師ギルドに勤めていればそれなりに人脈が出来るので、孤児たちにきちんとした仕事を紹介することも出来るだろう。

孤児院の経営は基本的に神殿がやっていることが多いが、もう少し国として職業の斡旋《あっせん》などのことを考えた方がいいかもしれない。

「にーちゃん、にーちゃん？」

ミゲルに呼ばれて、ここが執務室ではなくて孤児院だということを思い出した。

「ああ、すまない。せっかくの機会だ。行ってみたらどうだ？」

「うん。ちょっとシスターと相談する」

「そうだな。じっくり考えろ」

王都に行けば、いくら近いとはいえそう簡単に帰ってこられなくなる。まだ子供のミゲルには、そっちの方が辛《つら》いかも知れない。

「お待たせしました」

ミゲルとそんな話をしていたら、セレスが薬の入ったポーチなどを持って戻ってきた。

「あれ？　ミゲルも行くの？」

「いかねーよ。俺はねーちゃんたちに万が一のことがあったら、走って知らせる連絡係だよ」

「お、重要な係だね。ミゲルならきっと的確に知らせてくれると信じてるよ」

もし出入り口とかが崩れたとしても、ミゲルが誰かに知らせてくれるのなら安心して探索出来るというものだ。

「何もないと思うけど、気を付けろよ」

「はーい」

どっちが年上なのか分からない会話をして、三人で洞窟の縦穴へと向かった。

◆

「なるほど、これがそうか」

ジークフリードが縦穴をのぞき込むと、入り口こそ狭いが、中は大人でも立っていけそうなくらいの広がりをみせていた。

「ジークさん、入れそうですか？」

「これなら何とか。もっと身体の大きいやつだと無理だな」

入り口はジークフリードでぎりぎりくらいだ。

「幸い中も光苔で十分明るい。セレスは後から入って来てくれ」

「はい」

ジークフリードは、屈みながら縦穴の中に入って行った。

「あまり籠もっているような臭いもしないな。やはりどこかに通じているのか」

ほんの僅かだが空気の流れも感じる。

周囲を見回して危険がないことを確認してから、セレスに声をかけた。

「セレス、大丈夫だぞ。入って来てくれ」

「今、行きます。じゃあ、ミゲル、後はよろしくね」

「おう。何かあったら教えてくれよ」

ここまで付いて来てくれたミゲルに別れを告げて、セレスも縦穴へと入っていった。

「思ったより中は広いですね」

ジークフリードとセレスくらいなら、立って横に並んでも歩いて行けるくらいの大きさがある。

「そうだな」

ジークフリードは横の壁をなぞった。

「自然の部分も多いが、セレス、この辺は削った跡がある。人の手が入っているようだな」

「この線が入っている部分ですか？」

「のみか何かで削ったんだろうな。この部分に何か大きな出っ張りでもあったのかもな」

床も壁も、なるべく凹凸がないように削ってある。

これだけ中が丁寧な仕事をしてあるのに、入り口だけあの小ささというのは少しおかしい気がした。

「入り口はもう少し広がるのかもしれないな。それとも、隠すためにわざと小さいままにしてあるのかな」

太陽神を祀る神殿の詳しい経歴は調べてこなかったが、洞窟自体は昔からあるものだ。ひょっとしたら、この洞窟があったからこそ、上に神殿を造ったのかもしれない。

「冒険者ギルドで少し聞いてきたが、ここから何か危険な生き物が出てきたという記録はないそうだ」

「私も子供たちに聞いてみましたが、せいぜい虫しか出ないそうです。カエルが出たのも初めてだそうですよ」

「カエルか。知ってるか、セレス。カエルは太陽神と関係があるんだ」

「え？　そうなんですか？」

月の女神の神話は調べたが、太陽神の方はあまり調べていない。ちょっかいをかけては振られているので、諦めるということを知らない方なのかな、とは思っていた。

「その昔、太陽神が月の女神に会いに行ったら、女神は湖の真ん中にある神殿に籠もって出てこなかった。拒絶された太陽神が困っていたら、そこに住んでいたカエルが太陽神の手紙を女神に届けてくれた、そういう神話があるんだよ」

「つまりカエルは太陽神様のお使い、ということですね」

「おそらく。セレスの前に、子供たちが一度も見たことのないカエルが現れた。そのカエルが隠された道に案内したんだからな」

そもそもここに来たのも太陽神の導きだ。あの像の自慢だけではないのなら、セレスへの用事はこの先にあるのだろう。

「太陽神はこの国と縁が深い。王家に何人もの太陽神の巫女《みこ》が嫁いできているんだ。たしか、ここがまだ何もない小さな村だった時、温泉を見つけ出して発展させたのも、王家に嫁いできた巫女出身の王妃だったはずだ」

ハーヴェに小さな太陽神殿がいくつかあるのもそのせいだ。この町で神と言ったら基本的に太陽神になる。

巫女出身の王妃と言っても、昔は高位貴族の令嬢が巫女になっていることが多かった。特に学園がなかった時は、巫女になって教養を身に付けることが当然という時代もあったのだ。巫女を三年ほどやってから社交界に戻る、という腰掛けに近い令嬢たちがほとんどを占めている中、ほんのわずかだが太陽神に認められた令嬢たちもいた。

恐らく、ここの温泉を見つけたのはそういった女性の一人なのだろう。

「きっとこの洞窟も太陽神様に関係があるんですね」

「洞窟そのものはともかく、この先にある何かは関係があるんだろうね」

多少警戒しながら進んで行くが、光苔のおかげで周囲は明るいし、危険そうな生き物もいない。大声は出していないけれど、これだけ静かで狭い場所なのでセレスとジークの声は洞窟内に響いていた。

「お、出口だ」

横道もなかったので真《ま》っ直《す》ぐ進んで行くと、大きな空間のある場所に出た。

「……すごい……」

「ああ」

二人が目にしたのは、地下にある花園だった。

光苔が周囲を照らしているが、太陽光ほど強烈な光を放っているわけではなくて、柔らかな光の中に蝶《ちょう》なども飛び交っている。

「どの花も色が薄いですね」

色は付いているのだが、どれも薄い。基本的に白っぽい花にピンクや水色といった淡い色合いが付いている。

外のように原色の強烈な色を持つ花はない。

「セレス、小さな川と湖があるよ」

花園の中心には湖があり、そこに流れ込むセレスの横幅くらいのとても小さな川があった。深さもそんなになく、浅い川底は澄んだ水のおかげではっきりと見える。一応、魚も泳いでいるが、大きさは大人の小指程度だ。

「ここは、何でしょうか？」

「太陽神の隠れ家の一つかな？」

太陽神は時折、どこかに雲隠れするのだという。世界各地に太陽神の隠れ家があると言われている。

本当に太陽神の隠れ家かどうかは分からないが、そう言われても納得出来てしまうような美しさがある。

注意しながら周囲を見て回っていると、セレスが突然走り出した。

「ジークさん、これ見てください」

ジークフリードが追いかけて行くと、セレスは湖の近くにまで来ていた。そこには、淡いピンク色の花が群生していた。

「これ、多分ですけど、絶滅したはずの血の花です」

「随分と物騒な名前の花だな」

六枚の花びらから成っている花の大きさは、赤ん坊の手くらい小さくてとてもそんな物騒な名前が付く花だとは思えない。

「ふふ、名前は物騒ですけど、この花は、花びらを傷口に当てておけば血を止めてくれて、煎じて飲めば失った血を増やしてくれるんです。血を止めて増やしてくれるから血の花。でもそのせいで、戦時中に大量に採取されてしまって、今ではもう絶滅したと言われています」

戦争が激しかった頃、様々な薬草が乱獲されて、中には絶滅したものもあった。

薬草は命を繋ぐものなので必要だと言って刈られ、敵対者からは薬草がなくなれば相手が死ぬ確立が高くなると言って焼かれた。食料と一緒に薬草も狙われた時代だった。

そういった薬草の一つに、この血の花もあったのだ。

「似たような効果を発揮する花もありますが、血の花が一番効果が高かったので、真っ先に狙われたそうです」

なので、戦争の割と早い時期に姿を消した花だった。

もちろん戦後、薬師ギルドは冒険者ギルドなどと協力をして探したのだが、今まで一切見つからなかった。

「強すぎる太陽光の下ではあまり育たない花なんです。元々数が少なかったのに、それを根こそぎ持っていってしまったから絶滅したんですよ。記録では、森の中とかこういった光苔のある洞窟の中で見つかることが多かったそうですから」

そういった薬草の詳細は一冊の本に纏められていて、薬師は必ず読んで覚えておくように指導されている。

もし、どこかで生き残っていた場合は、保護して増やしていかなくてはならないので、見逃さないように口酸っぱく言われるのだ。

実際、高齢者しかいなくなって滅びかけていた村に行った薬師が、かつてその村にいた薬師が植えて薬師がいなくなってからも村人たちが代々管理してきたという薬草園の一角で、絶滅したはずの薬草を発見したことがあった。

その時は薬師ギルド総出でその薬草と村を保護し、今では村は薬草の産地となり若者たちも戻ってきた、という事例もある。

薬師の試験でも出るので、ほとんどの薬師は頭の中に情報が叩《たた》き込まれている。

ちなみに発見したのは、若い頃の先代のギルド長だ。

狂喜乱舞して、ここぞとばかりに実家の力、兄の伝手《つて》、自身が握っていた各人の弱み、等々のそれぞれを最大限に使ったとか何とか聞いたことがある。

セレスも内心は嬉《うれ》しくてしょうがなかったが、そこは抑えて花びらにそっと触れると、思ったより肉厚でピンク色は下の方がちょっと濃くなっている。

セレスは己の身体をパタパタと叩いてみたが、あいにくどこにも怪我《けが》なんてしていない。

ならばと思って、一応、ジークフリードにも尋ねてみた。

「……ジークさん、どこかお怪我などは？」

「してないな。真っ先に自分の身体で試そうとするのは止めてくれ」

セレスが今ほしいのは、間違いなく実験体だ。

自分の身体に傷がなかったのでジークフリードにも聞いてきたが、あったら確実にやっていた。

確かに本だけの知識だけではなくて、実際にどうなるか観察したい気持ちも分からないでもないが、まず自分の身体で試そうとするのは止めてほしい。

その花が本物の血の花で効果が分かっているのなら、実験用にもっと屈強で怪我が多くて少々毒が混入しても死ななさそうなヤツを用意するから。王都に帰ったら、そんなヤツらはいくらでもいる。

迷うことなくまず己の身で試そうとする辺り、セレスは間違いなくアヤトの弟子だ。

わざと己の身を傷つけようとしないだけ、まだマシなのかもしれない。

「いやこれは、その、先人たちが己の身を以《もっ》て試しているので、効果が実証されています」

「だったらなおさらセレスが自分でやるな。後でいくらでも紹介してやるから」

その前にアヤトに言ったら、迷うことなく騎士団にお試しで持ってくるだろう。

ピンク色の薬草を手に持った薬師ギルドの長の登場に、練習場が阿鼻叫喚《あびきようかん》の嵐になりそうだ。

「それより、他にもそういった薬草がないか探そう」

「あ、そうですね。他にもあるかも」

嬉しそうにセレスは立ち上がって、あたりをきょろきょろと見回した。

「ジークさん、あそこに何かあります」

「ん？　ああ、何かの像のようだな」

湖の反対側に白い像が建っているのだが、ここからだと何の像なのか判別が難しい。

「行ってみよう」

それほど大きな湖ではないので、薬草に注意しながら反対側まで歩いていったのだが、見た限りでは血の花以外は今でも使われている薬草か普通の草花ばかりだった。日の光が当たらない分、色は全て白っぽくなってしまっているが、色が抜けているだけなら成分はそう変わらないだろう。

「この辺りはこれだけですね。でも、血の花だけでもすごいです」

一粒でも種が残っていればそこから増やしていくことは可能だが、全てなくなってしまっていたらそれは出来ない。こうして血の花が見つかった以上、花は薬師ギルドで管理してきちんと増やしていける。

「血の花が増えれば、失血が原因で亡くなる者も減るかもしれんな」

「はい。それにコレットのように貧血がひどい子にも使えます」

適切な量を探っていかなければならないが、血の花を使った薬が出来れば貧血で苦しむ人も少なくなるはずだ。

セレスが頭の中で、どの薬草と合わせれば効果的なのか考えながら歩いていたら、いつの間にか白い像のある場所までたどり着いた。

「この像って？」

美しい女性の像なのだが、一般的な像に比べると、ちょっと露出が多い気がする。

着ているものは服ではなく幅広の布が絶妙な間隔で巻き付いていて、女性らしい優美な曲線美を生み出している。

まるで、上にあるアポロージュスの像と対になっているかのような……。

「これって、ひょっとして女神像、ですか？」

「まぁ、そうだろうな。通常、太陽神と対で造られるのは月の女神だな」

天上の母が見たら、間違いなく太陽神を怒りにいくのではないだろうか。

何となく、この女神像がこの場に置かれている理由が察せられた。

そういえば、メアリーが上のアポロージュスの像と対になっている女神像がどこかにあるらしい、と言っていたので、間違いなくこれのことだろう。

「個人的にこの女神像は、ここからの持ち出しを禁止したいところだな」

ジークフリードも女神像と言うだけで、どの女神なのかはっきり名前を言わないようにしている。

「そうですね。きっとこの場所を守っていらっしゃると思うので、ここから動かさない方がいいと

思います」

せっかく地下に置いて目に触れないようにしてきたのだ。誰かさんの思惑通り、この場に置いておこう。

セレスは女神像に近寄ると、ぐるりと像の周りを回った。

「すごく細かく彫ってありますね」

「そうだな。つなぎ目の部分もあまり分からないようにしてある」

つなぎ目の部分にはちょうど布がくるようにしてあり、線が入っていても不自然ではないようにしてある。

「この白い石は白零石《はくれいせき》だな。柔らかく彫りやすいからこうした彫刻によく用いられるんだ。ただ、その分、衝撃には弱い。白零石で作られた物は基本的に動かさないが、どうしてもという場合は、保護しながら慎重に動かすんだよ」

「へぇー、そうなんですね。石かぁ。今まであまり興味が湧かなかったので気にしたことがありませんでした」

触ったらうっかり壊してしまいそうだったので、セレスは女神像を眺めるだけにした。

後ろで手を組んで絶対触らないという意思表示をしたセレスをジークフリードがくすくす笑いながら見ていた。

「セレス、さすがにちょっと触ったくらいでは壊れないよ。その程度でいちいち壊れていたら、組

み立てられない。パーツ毎《ごと》に彫ってくっつけてあるようだから、少なくとも二人くらいでやってい
るはずだ」

「あ、そうですね。でも年月が経っていますし、怖いから触りません」

「見た感じでは、上にある像よりも劣化していない。地下にある分、強い日差しを受けないし、雨風の影響もないようだしな」

確かに上の神殿にある太陽神の像は少し黄みがかってきていたが、こちらはそんなことはなく真っ白なままだ。その分、なんというか妖艶《ようえん》な感じを受ける。

「真っ白な色気？」

「なるほど。上のアポロージュス様の像は、健康的な肌色といったところか。案外、それを狙って別々に置かれたのかもしれないな。小麦色の肌を持つ雄々しい太陽神と月の光の中で白く輝く女神。いかにも対になっていると言わんばかりだ」

外堀から埋めにいったのだろうか。人間たちはこう思ってるんだよ、的な口説き文句でも考えていたのかもしれないと想像するだけで、セレスはちょっと笑えてきた。

「うーん、何か、太陽神様の必死さが伝わります」

セレスが何を考えたのか分かったのか、ジークフリードも頷いた。

「わざわざ天啓を与えてまで彫らせたんだ。それなりに思い入れはあるんじゃないか？」

「私を呼んだ理由は、血の花とこの女神像の発見のためだと信じています」

芸術品として見れば、このまま埋もれさせるには惜しい物だ。

「そういえば、白零石は昔、薬石として食べられていたことがあるんだよ」

「え？　そうなのですか？　初めて聞きました」

今まで誰からもそんなことを聞いたことはない。そもそも石って食べて大丈夫なものだろうか。

「山岳民族の中に伝わっている腹の痛み止めの方法だ。今はもうやっていないが、白零石を少しだけ食べることによって、お腹《なか》の中にいる悪いものを追い出すことが出来ると信じられていたんだ」

ジークフリードもそれを知ったのはたまたまだった。国王として各国の王や首長たちと交流している中で、山岳民族の代表が昔話として教えてくれたものだった。

「昔は、病気は悪霊が身体の中に入ったためだと考えられていたからな。それを追い出す方法として用いられていたんだ。山には薬草の他に、薬として用いられた石が数多く存在していたそうだ」

「薬になる石……」

今まで、薬草にしか目がいっていなかったが、ひょっとしたら薬になるような石も存在しているのではないだろうか。

セレスは口元に手を当てて、じっと考え始めた。

今は薬草から作られる薬が各国で流通しているのでそれらが主流になっているが、昔は各地域にそれぞれ独自の薬があったはずだ。その中に石を使った薬があってもおかしくはない。

薬といえば、薬草。

そう思い込んでしまっていたが、違う可能性を考えてなかった。

異世界の知識に中にはない、薬石というものが存在していても不思議ではない。

「ジークさん、ありがとうございます」

「嫌な予感しかしないぞ、セレス」

「薬石なんて考えてもいませんでした。毒になる石があるんですから、薬になる石だってありますよね」

「昔話だぞ。それに彼らでさえ、もう薬石は使っていないと言っていた」

「ですが、そういう話が伝わっているということは、中には本当に病に効く石があるのかもそれません」

月の魔石のように何らかの形でその効果だけを取り出すことが出来たのなら、新しい薬が作れる可能性がある。

「ふふ、ちょっと楽しくなってきました」

「頼むから急に山に石を取りに行くとか言わないでくれよ」

「……善処します」

「おい」

「冗談ですよ。さすがに行きません。ほしい石が見つかったら、冒険者ギルドに依頼を出すか、マリウスさんにお願いします」

山に行くとなれば一人では無理だ。山賊だって出るだろうし、道に迷って遭難する未来しか見えない。

そんな丸見えの未来を選ぶつもりはない。

「行く場所次第だが、危険なところも多いからな。ここら辺とは訳が違う」

「はい。分かってます」

「もしどうしても行きたいというのなら、俺だけではなくて、知り合いにも声をかけるから」

知り合いの高位冒険者や騎士に声をかければ、何人かは集まるだろう。それに影の連中も多めに動員すれば、それなりの規模の山賊ともやり合えるはずだ。

「そんな大事にはしないでください。本当に行きませんから」

「約束だぞ」

「はい」

ここまで言っておけば、セレスだって無茶はしないはずだ。

「王都に帰ったら、本をあげるよ」

「本ですか？」

「あぁ、今思い出したんだが、部屋のどこかにその時にもらった石の本があったはずだ」

当時ジークフリードは、アヤトに依頼されて彼らが住む山に生えている薬草の取引きについて色々と話し合った。アヤトの影響で多少は薬草の知識があったジークフリードは山岳民族の代表の男に気に入られ、取引き開始の記念にと言っていくつかの本をもらった。それは彼らの長年に渡る山の知識が詰まった本だった。

薬草関連の本はアヤトに渡したが、薬石については今は廃れたものだと思って渡していなかった。

少しだけ中を見たが、いかんせん他国の古語で書かれていたので文字から調べなければならず、内容を解読する前にぱたんと本を閉じてどこかにしまい込んだ覚えがある。

当時のジークフリードにその本を解読する時間的余裕はなかったし、正直、興味もなかったので、今の今まで綺麗さっぱり忘れていた。

「部屋のどこかにはある。今度、持っていくよ」

「待ってください、ジークさん。それって貴重な本ですよね？　お借りしたら写してお返しします」

「俺が持っていても仕方のない物なんだよ。セレスの方が必要だろう？　それにあの古語、ちょっと複雑な形の文字だから写すのは難しいよ。むしろその本を訳して……いや、待てセレス、君では写すのは難しいかもしれん」

何かを言いかけたジークフリードが、はっとして顔を上げた。

「どうしてですか？」

自慢ではないが、古語もそれなりに読める。もしや、文字のクセが強いのだろうか。

「絵が描いてあって、それに説明文などが書き込まれているんだ。あれを写したいのなら、まず絵の上手いやつが必要になる。絵をそっくりそのまま描いてから文字を書いていかないと、はっきり言って文字だけでは分からないぞ」

「……まさか、ここにきて私の絵心が必要になってくるなんて……」

前にセレスの絵を見せてもらったが、控え目に言って絵心はほんのちょっとしかなかった。セレスの才能は、絵を含んだ写本には向いていない。

「そうだな。俺の方で誰かに絵だけを描き写してもらい、セレスには本物と一緒にそれを渡す。セレスは中に書かれた古語を解読して新しい本の方に書き込んでいってくれ。その方がいいだろう」

「そうですね。それしかないと思います」

文字はいける。何なら絵が壊滅的な分、せめて文字くらいはと思って美文字を目指していたので、セレスの書く書類は見やすいと評判だ。

「自分で言うのも何ですが、彫刻なども絶望的です。薬は作れるのですが、目で見たものをそのまま写すとか、頭の中にある絵を描くとかそういうのは苦手です」

「……特技はそれぞれあるんだよ。自分の得意分野を伸ばせばいいんじゃないかな」

オブラートに包んでくれたが、ジークフリードもセレスの絵画的才能は皆無だと認めていた。

「そういうのはマリウスが得意だったな」

「マリウスさんですか？　確かに器用そうな方ですね」

「商品によっては絵で描いた方が説明しやすい物もあるし、オーダーメイド系の依頼を受ける時は、相手の話を聞きながら描いていくんだ」

　客と対話をしながら要望にそって描いていく様子は、見事としかいいようがないくらいだった。

　美的センスも持ち合わせているので、配色なども的確だ。

「じゃあ、ローズ様も得意そうですね」

「ローズか。ローズは服の形なら描ける」

「服の形？」

「あぁ、それしか描けない」

「え？」

　衝撃の事実だった。そういえば、いつも見せてくれるスケッチは、服しか描かれていなかった。人の顔とか手足とかは描かれていなかった。

「ローズは、頭の中に思い描いた刺繍《ししゅう》は何の目印もなく刺せるのに、それを絵にしろというと無理らしい。刺した方が早くて正確なんだそうだ。あいつのスケッチは、大まかなドレスの形は描いてあるが、柄なんかはささっとメモで書いてある」

「すごく親近感が湧きました」

　今までは何でも熟《こな》せるお姉様と思っていたエルローズの思わぬ弱点に、何かほっこりして余計に親近感が湧いた。

「絵だけでいうのならば、俺の周りではアヤトの弟が一番上手いな。あいつは正確に模写するんだ。

色とかもそのまま再現したがるやつだから、マリウス曰《いわ》く、何の面白味もないんだと」

すごいけど芸術性とか独創性が皆無だと言われていた。

「私からしてみれば、正確に描けるのはものすごいと思うのですが」

「そうだな。俺もそう思うが、正確に描写されただけの絵という価値しかないんだそうだ」

「そういうものですか」

「らしいよ」

そして、その正確に絵を描けるというリヒトの能力が、こじらせる原因の一つになっていた。

エルローズが描けないのに自分は描けるなんて、と馬鹿なことで悩んでいたリヒトに、なら傍《そば》にいて代わりに描いてあげればいい、とアヤトが提案したら、本当に実行しようとしたらしい。

だが、肝心のエルローズに断られてしまい、ひどく落ち込んでいた。

エルローズもエルローズで断る時に、リヒトが傍にいるとドキドキするから、とでも言えばよかったのに、貴方が傍にいると落ち着かないから、と言ってしまったらしい。

逆にマリウスは、気軽にエルローズのもとに行っては、彼女の考える型や柄をその場でさらっと描き、自分の意見を言ってスマートにその場を去っていくということを繰り返していた。

慣れとは怖いもので、エルローズにとってそれが当り前になるまでマリウスはごく自然にそれをやってのけた。

どう考えても、マリウスの方が一歩も二歩も前にいるのだが、エルローズの気持ちという一点においてだけリヒトの方が有利な状態だ。

「そういえば、パメラも得意だったな」

「あ、そうですね。パメラさんの描いた絵が吉祥楼《きっしょうろう》に飾ってあります」

風景画が好きだというパメラは、自然ばかりを描いていた。

柔らかい色を使って描かれたそれらの絵は、見ているとほっこりしてくる感じだ。

「パメラさんをここに連れてきてあげたいです。きっと優しい絵が出来上がると思うんです」

「ここを見ているだけで癒やされるように感じるしな」

「はい」

癒やされる風景だが、いつまでもここで現実逃避をしているわけにはいかない。

「さて、セレス、そろそろ戻るぞ。冒険者ギルドに報告して、この場所は一時的に国の管理下に置いてもらおう。他の者たちに荒らされたら目も当てられんからな」

「はい。私が見つけられなかっただけで、他にも貴重な草花があるかも知れませんし」

セレスの頭の中にあるのは、薬草の知識ばかりなので、他の普通の花のことはよく分からない。

ここには、綺麗というだけで乱獲されて消えた花も残っているのかもしれない。

「アヤトをここに投入しておけば、判別してくれるんじゃないかな」

優秀な薬師ギルドの長のことだ。こっちが知らない知識を総動員して判別してくれることだろう。

◆

ミゲルは律儀に出入り口で待っていてくれた。

「お帰り、どうだった？」

好奇心が隠せていないきらきらした目で見られたので、奥がどうなっていたのかを詳しく教えてあげた。

そこで見つけた血の花が、コレットの病にも効くであろうことも含めて説明をした。

「へぇー、女神様の像かぁ。でも、アポロージュス様みたいなやつなんだろ？」

「えっと、うん。多分、同じ人が造ったんじゃないかな」

「……あれって、アポロージュス様の天啓を受けたって人が造ったんだよな……」

その辺りは、ここで暮らしているミゲルの方が詳しいと思う。

「ってことは、その女神様の像の服はやっぱり布なの？　アポロージュス様の願望？」

言わないでおこうと思ったのに、素直な子供は言葉に出してしまった。

「対になるように造られていたのに隠されていたんだ。そこら辺は察してやってくれ」

ジークフリードの言葉に、ミゲルは言ったらだめなんだね、という顔で頷いた。

「対になってる像だけど、あの女神像はあのままの場所に置いておく方がいいと思うよ。ミゲルも調査が終わったらあそこに行ってみて。すごく綺麗な場所だったから」

地上の神殿に置かれるよりも、花園の中にあった方があの像は似合う。というか、あんまり表に出さない方がいいと思う。

「調査かぁ」

「うん。ちょっと貴重な花があったからね。他にもないかきちんと調べて管理していかないと」

セレスが確認したのは、ほんの一部だけだ。

「食料庫、どうなるんだ？」

孤児院にとっては、この場所が使えなくなるのはちょっと困る。

「ここに入らなければ大丈夫だろう。孤児院には、あまり迷惑がかからないようにするよう伝えておく。ただ、調査の間は見張りを置かせてもらうことにはなるだろうな」

「そっか。なぁ、ねーちゃん、その血の花ってやつ、コレットにも使ってもらえるんだよな？」

「もちろん。少し摘んできたから、王都に戻って師匠に相談してくるね。薬師ギルドになら詳しいレシピとか残ってるはずだから」

薬師ギルドには古今東西の薬草や薬のレシピなどを記した膨大な本がある。薬師は新しい薬を作った時に、必ず本に書き込むことになっている。当然、古い記録も残っているので、血の花のレシピも残っているはずだ。

ただ、血の花が使用されていた時代と今では、薬草の種類が変わっている。新しく発見された薬草も多いので、その中から適切な物を選んでいくことになるだろう。

「出来たらすぐに渡すね」

「ねーちゃん、ありがとう」

「ふふ、ちょっと薬師に興味出てきた？」

ミゲルを勧誘しているので、少しでも興味を持ってくれたのなら嬉しい。

「うん。俺でも出来るかな？」

「大丈夫だよ。薬師になりたいっていう人はけっこう年齢もバラバラだし、ミゲルはもう読み書きは習った？」

「シスターに習った」

孤児院は教会の管轄なので、聖書を読むためにも基本的な読み書きは子供たちに教えている。他にも希望者には無償で教えているので、最初に読んだ本が聖書だという子供は多い。

「自分の将来のことだから、きちんと考えてね」

「そうだよな。チビたちの世話もあるし」

ミゲルが忙しいメアリーに代わって年下の子供たちの世話をしているので、その辺りもメアリーと相談しないといけない。でも、コレットが苦しんでいる様子もずっと見てきたし、せっかくこうして縁が出来たのだ。

「俺、やってみたい」

「うん。待ってるね」

この時ミゲルは自分が薬師になり、「あの時、薬師になるって決めたことは後悔してないけど、師匠と姉弟子が自由すぎるだろ！」と叫び、他の薬師たちから、ぽんっと肩を叩かれて同情されることになるとは知らなかった。

◆

今回はあまり時間が取れなかったというジークフリードと共に、翌日、セレスは王都に戻ることになった。

ジークフリードは冒険者ギルドに行って洞窟について報告した後、そのまま問答無用でセレスを連れて前回と同じ宿屋に泊まった。

そして次回からは、ジークフリードが一緒にいなくても必ずこの宿に泊まるように言われた。支配人にも、いつでもおいでください、と笑顔で言われたので、セレスは断り切れなかった。

翌朝、セレスの前にジークフリードが連れてきたのは、綺麗な栗毛《くりげ》の馬だった。

艶々した毛並みと優しそうな瞳を持つ馬。

ただし、普通の馬より体格が一回りほど大きい。

「うわぁぁ、綺麗な子ですね。触っても大丈夫ですか？」

大きいが、ジークフリードに従順でとても大人しい。セレスを見てもあわてる様子もないので、主人以外の人にも触らせてくれるようだ。

「ああ、こいつはイーヴァ。うちの馬の中では一番大人しいから、触っても大丈夫だよ」

セレスがそっと手を伸ばすと、イーヴァは自ら頭を下げてくれた。鼻の上あたりを優しく撫《な》でてみると、気持ち良かったのかもっと撫でろという感じで顔を近付けてきた。

「ふふ、可愛《かわい》いです。和みます」

よく手入れされているせいか、整っている毛並みは触っていてとても気持ち良い。

「イーヴァは、普通の馬と黒馬《こくば》との間に生まれた子なんだ。だが、性格は母親に似たらしくて、人の言うことを素直に聞いてくれる優しい子なんだ」

「だから身体が大きいんですね」

『黒馬』とは、馬の魔物のことだ。

姿形は馬と一緒なのだが、体格はだいたい一回りから二回りほど大きく、気性が荒く乱暴な性格をしているやつが多い。ただし、何事も力が全ての魔物の世界の生き物らしく、人間だろうと己が負けた相手には従順に従うので、騎士たちの中にはたまに乗っている者もいる。

黒馬は文字通り黒い毛の馬ばかりなので、基本的に他の毛色の馬はいない。

体格は良いけれど違う毛色を持っている馬だと、どこかで黒馬の血が混じっていることがあるので、そういった馬たちを集めて飼育している牧場もあるくらいだ。だが、そういう馬は数が少なく市場に出回りにくい。それに、性格的にも大人しすぎてつまらないと言って、腕に自信がある者たちは野生の黒馬に挑む者が多い。

「こいつの父親が俺の黒馬なんだが、あいつは俺と普段手入れしてくれる厩舎《きゅうしゃ》の人間くらいにしか触らせてくれないんだ。イーヴァは大人しいとはいえ、普通の馬の何倍も体力があって足も速い」

最近は忙しくてなかなか馬に乗る機会もなかったせいか、ジークフリードの愛馬ウルガのご機嫌は少々斜めだった。それなのに久しぶりに姿を見せたご主人が、自分ではなくて子供のイーヴァを連れ出したので、ジークフリードはイーヴァの準備中、ウルガにずっと無言で見つめられるという抗議を受けた。

帰りにセレスを乗せてくることを考えると、主人しか乗せないウルガでは無理なのでイーヴァで行くのだ、と説明をしたら頭の良いウルガは分かってくれたようだが、近々どこかで思いっきり走らせてやらないとすねたままになってしまう。

「セレスは一人で馬に乗れないだろう？　イーヴァは、俺たち二人が乗っても全然平気な子だからな」

「乗ってもいいんですか？」

侯爵家にも馬はいたので触れ合ったことはあったが、乗ったことはない。

「馬に乗るのは初めてです。ディがいつか乗せてくれるとは言っていたんですが、機会がなくて」

「前に乗ったのは野生の大鹿だったな。あれに比べれば、イーヴァの方が人を乗せ慣れているし、整備された街道を行くだけだから楽だよ。そんなに急がなく午前中には王都に帰れるさ」

リヒトはジークフリードの急な予定変更に文句を言いながらも、調整をしてくれた。だが、どうしても外せない仕事があるので、今日の午後には戻らなくてはいけないのだ。

ジークフリードとしても本当はもう少しセレスと一緒にいたかったのだが、これぱかりはどうしようもない。

「俺の都合で悪いが、午前中には王都に戻らないといけないんでな」

「いえ、私が黙って出てきたのが悪いんです。師匠やディにも心配をかけてしまったので、本当に申し訳ないです」

「次からは気を付けてくれ」

「はい」

さすがに今回で懲りた。セレスには、心配してくれる大切な人たちがいるということを忘れてはいけないのだ。しかもちょっと権力持ちの方々が。

「さぁ、帰ろうか」

ジークフリードはセレスをイーヴァに乗せた後に自分も跨《また》がると、ハーヴェの町を後にした。

第四章　次女と後輩君

ハーヴェの町から戻り、一通りアヤトから説教された後は、本格的に血の花について調べて薬作りに入ることが出来た。アヤトに、仕事で忙しくしていればどこにも行かないでしょう、と言われてしまったのだ。

貧血の薬は古いレシピが残っていたので、そこから少し改良を重ねて作った薬をさっそく孤児院へと送った。

ちょっとコレットが実験体のようになってしまったが、アヤトにもしっかり確認してもらったので、薬はちゃんと出来ているはずだ。

ミゲルからの手紙では、コレットの体調も良くなってきているとのことだったので、後は血の花を今度こそ絶滅させないように管理して、安定供給の目処《めど》が立ったら貧血の薬を販売することになっている。

例の洞窟はあの後、しっかり調査が入ったが、血の花以外の薬草は見つからなかった。

血の花については、その場所の一角で数を増やしていくのと、他の場所でも栽培をしてみようということになり、薬師ギルドが提携している薬草の村にも植えたそうだ。

セレスも分けてもらってガーデンに持ち帰り、庭の奥の方のうっそうとした場所に植えてみた。

日が当たらない場所なので、何とか枯れることなく育っている。

洞窟については、神殿と薬師ギルドで共同管理という形になり、女神像はその場所の守り神として祀《まつ》られることになった。

あの像が表に出るのは何とか避けられたので、太陽神が月の女神に怒られていないといいな、と関係者一同は思っていた。

貧血の薬を作った後は、アヤトから今度こそしばらく外出は控えるように、ときつく言われ、ディーンにも今度いなくなったら思いっきり泣きます、と宣言されたので、セレスはのんびりと家で薬作りをすることにした。

薬師ギルドに手紙を出しておけば必要な薬草は届けてもらえるし、今のところ急ぎの仕事もないので、のんびりと仕事が出来る。ちょうど良い機会だから今の内に薬のストックを作って、お勉強をしながら新しい薬作りにも挑戦しようと思ったのだ。

「お嬢ちゃーん、パン屋さんがこれおまけでくれたッス」

パン屋から帰って来たヨシュアが元気よく扉を開けた。

ヨシュアは、アヤトから紹介された護衛だ。

師匠の知り合いで多分、騎士っぽい人にこんなちょっとしたお使いを頼むのはどうかと思ったのだけれど、本人は全く気にしていないし、アヤトからも扱《こ》き使って良し、との許可が出ているので遠慮なく色々と手伝ってもらっている。

むしろ本人から、ここで使えない判断されるとお仕置きが怖いんで、そりゃあもう遠慮なくどうぞ！　という言葉をもらった。……使えない判断をされたら誰にお仕置きされるんだろう？　こっちも怖くて聞けない。

「ヨシュアさん、ありがとうございました」

「いいッスよー。お嬢ちゃんはしっかり食べて体力付けて下さいッス。じゃないとリド先輩の相手は大変ッスよ」

「ジークさんの相手……？　何の？　あ、剣の稽古、とか。それは無理かも……」

アヤトから一応、ジークフリードのことをそっち方面で考えて欲しい、と言うような感じで言われていたはずなのだが、自分が恋愛対象に入ると思っていないセレスは、そのことをすっかり忘れていた。

結果、見当違いの方向に向かったセレスの思考にヨシュアは爆笑した。

剣の相手とか絶対にないし、あのジークフリード相手にそういった発想が出てくる時点で、ジークフリードが全くもって恋愛の対象になっていない。普通の女性ならそう言われたら顔を紅《あか》く染めそうだが、セレスはきょとんとしているだけだ。

いやー、世の中にはリド先輩に落ちない女性もいるもんだなぁ、と思ったが、よく考えたら花街のあの二人組も、昔っからジークフリードが全く目に入っていない珍しい貴族の女性だった。

ユーフェミアの方はアヤトがちょっかいをかけていたからまだ分かるが、パメラもジークフリードには全く無関心だった。

下位貴族の女性でもジークフリードに色目を使う人が多かったというのに、パメラは先輩の一人くらいの態度しか取っていなかった。クラスにリヒトがいた関係で顔を出すことも多かった先輩に、他の女子たちが浮き足立って黄色い声を上げていた時も、あの二人は冷めた目で見ていただけだった。今だってそう変わらないだろう。

「お嬢ちゃん相手に剣の稽古とかはしないッスよ。それくらいなら俺がボコボコにされてお終《しま》いッス。これから先も先輩と一緒に旅とかするんでしょ？　だったら体力は必要ッスよ」

もっともらしいことを言うと、セレスは頷《うなず》いて納得しているようだった。

この辺りはまだまだお子様だ。

どっかの大人二人組なんかちっとも進展しないどころか、エルローズのことを好きな子爵が国に帰ってきたので、あまりに待たせるようならもういっそう、あっちとくっついた方がいいんじゃないかと思うくらいだ。

兄上様の方はちゃんと捕まえたのに、弟のヘタレっぷりと来たらそろそろ見捨てたくなる。

「俺も一緒に行きたいッスけど、きっとリド先輩は嫌がるッスよねー。……よく考えたらそれってリド先輩に嫌がらせ出来る絶好のチャンスなんじゃないッスか！」

いつも扱き使われているのだから、ちょっとした仕返しならオッケーなのでは？　と一瞬危険な思考が出てきたが、すぐにその後に、我が身に降りかかるであろう報復で死ねる確率が高いことに気が付いた。

「ダメッス！　やっぱお嬢ちゃんを使った仕返しは後が怖いッス。俺、きっと報復で死ねるッス。ってゆーわけで、申し訳ないッスけど、リド先輩からお嬢ちゃんを守るのは大変難しいッス。諦めてくださいッス」

「えーっと、とりあえずジークさんからは守ってもらわなくても大丈夫だと思います。どちらかと言うと、師匠の報復の方が怖い気がします」

「アヤト先輩ッスかー。でもアヤト先輩の場合は薬物系だろうし、きっと死ぬ寸前くらいで止めてくれるから大丈夫ッスよ！」

爽やかな感じでヨシュアは言い切ったが、死ぬ寸前で止めることのどこが大丈夫なのかよく分からない。

「それにきっと、ユーフェミア嬢が止めてくれるから大事には至らないッスよ」

「あれ？　ヨシュアさんとユーフェさんってお知り合いですか？」

ヨシュアがジークフリードとアヤトの後輩というのは知っていたが、そことユーフェミアが結びつかない。

先輩の恋人だから知っているという感じではなくて、元から知り合いみたいな感じを受けた。

「学園で一緒のクラスだったんスよ。パメラの方は、もっと昔っから知っているッス。幼なじみってやつッスね」

「パメラさんと？」

「そうッス。俺んち、ちょっと裕福な商人の家なんスよ。家は兄貴が継いでるんッス。パメラの家がご近所だったんで、昔っからよく遊んでたんッスよ」

家族が愛してくれなかったわけではないが、優秀な兄貴と甘え上手な弟に囲まれて育ったヨシュアは、昔から存在感が希薄だったらしく、よく家庭内でも忘れられていた。

ヨシュア自身は、忘れられていても特に騒ぐこともなくだいたいぽけーっとしていたのだが、そんなヨシュアをいつも見つけてくれたのがパメラだった。

小さい頃はパメラに、もっと自己主張をしろ、と何度も怒られていた思い出がある。

「パメラは昔っから、あんな感じのけっこう世話焼きさんなんスよ。ユーフェミア嬢とパメラは、だいたいいつも一緒にいたッス」

「うーん、学生服着た二人が思い浮かばない……」

「あははは、そうッスね、お嬢ちゃんが出会ったのは最近だし仕方ないッス。学生の頃は、さすがにもうちょっと幼い感じだったッスよ。あんな大人の色気は振りまいていなかったッス」

あの事件の時、二人とも花街に売られていった。

何とかパメラだけでも、と思ったが本人からきっぱりと拒絶されて断られた。

あの時は自分が無力だということが、とても悔しかった。何も出来なくて、ただ、パメラの家が壊されていく様を見ていることしか出来なかった。

だがあの二人はこちらの考えなど悉《ことごと》く覆して、今は吉祥楼《きっしょうろう》のオーナーと教育係兼オーナーの片腕としてお店を盛り上げている。

「お嬢ちゃんの学生生活は、どうだったッスか？」

「私？　私はお姉様……じゃなくて師匠に学園で薬学の基礎を学んでこいって言われていたから、そっちばっかりに気を取られてたかなー。薬草のお勉強が楽しくて、本当は最後まできちんと学びたかったんですけど……」

第二王子であるルークに執着されたおかげで学園は辞めてしまったが、本当は卒業まで薬学について学びたかった。それがアヤトとの約束でもあったし、数は少なかったが一応お友達と呼べる人も何人かはいたのだ。

「ああ、第二王子に執着されたらしいッスね。アヤト先輩から聞いたッス。お嬢ちゃん、正直、今の国王陛下や王族のことはどう思ってるんッスか？」

ジークフリードは現役の国王だ。

セレスといいちゃつくために国王の座をさっさと次代に譲ろうとしてはいるが、王族であることに変わりはない。ウィンダリア侯爵家の血を引く存在として、王家のことをどう思っているのか常々疑問だった。

「んー、特に何もないです」

「え？　マジッスか？」

セレスの答えは、すごくあっさりとしたものだった。

「第二王子殿下から逃げたのは、純粋に恋愛とかそういうものに興味がなかったからです。あのまま無理矢理婚約とかされても困りますし、何度お断りしてもしつこかったので。王族の方って、こうして普通に生活している分にはまず会うことがないので、特に思うところはないです。もちろん一国民として、平和路線の今の国王陛下の政治は続けて欲しいと思っていますし、行事などで陛下が国民の前に姿を現される時は凄《すご》い方だな、と思って遠くから見ています」

「…ま、そうッスね」

ヨシュアだってたまたま先輩に王族がいて、仲の良い友人が高位貴族で鬼の先輩に王家の影に放り込まれたから関わっているだけで、もし普通に生活していたら王族に会うことなんてなかっただろう。

そう考えると王族は遠いのだ。興味のない人からしたら、好きも嫌いもないだろう。平和に治めてくれていてありがとうございます、くらいの感覚だろうか。

「まぁ、でもお嬢ちゃんは元は貴族だったし、王家とウィンダリア侯爵家ってちょっと因縁みたいなのがあるじゃないッスか」

「そうですね。でも、だからといって、会ったこともない方たちのことを好きにも嫌いにもなれないです」

セレスは王太后に育てられたようなものなのだが、ヨシュアがそのことを知っているのか分からなかったのでその辺りは伏せた。

王太后のことは尊敬しているし、感謝もしている。好きか嫌いかと問われたなら、もちろん好きと答える。それは王太后個人のことなので、王族全体のことを聞かれると本当に思うところはない。執着されている第二王子だって、彼さえ諦めてくれれば逃げ出す必要もなく友人の一人くらいにはなれたと思っている。今の国王陛下には、直接会ったことがないので好きも嫌いもない。

「ヨシュアさんは、国王陛下に会ったことがありますか？」

「え？　俺ッスか？」

これはどう答えるべきなんだろう。

セレスは知らないが、今の国王陛下＝ジークフリードだし、王家の影に属しているとは言え、自分は昔から彼の直属の部下とも言うべき存在だ。

会ったことがあるどころか、今、この王都で国王陛下に最も恨まれているのは自分だ。

理由は、護衛のためとはいえ、セレスの家に泊まっているからという、とても私怨に満ちたものだ。

ヨシュアがセレスを害する可能性など皆無だからこそ許されているのだが、ジークフリードからしてみれば、セレスの家で寝泊まりするヨシュアは羨ましい以外の何者でもない。

おかげでうっかりヨシュアの事務系仕事が増えていっていることに、誰もが見て見ぬふりをしている。

「まぁ、会ったことはあるッスよ。陛下はちょー有能な方ッス。でも、あんがい気さくな方なので、お嬢ちゃんも会ったら気軽に話せるッスよ」

これぐらいでいいッスか？　先輩。お嬢ちゃんに、親しみやすい国王って印象付けときました。

心の中で国王陛下にそう報告した。

ヨシュアが出来ることといったら、せいぜいこのくらいだ。

ジークフリードが国王だと教えるわけにもいかないし、国王のことを聞かれて普段の先輩の鬼っぷりを教えるわけにもいかない。なので、これくらいが無難じゃないだろうか。

「あんまり会う機会ってないのかも。たら、国王陛下に挨拶とかするのかな？」

嫌だけど、このままでは継ぐ可能性が高い。さすがに王都の薬師ギルドの長ともなれば、王侯貴族とはそれなりに付き合っていかなくてはいけない。実際アヤトも、王宮に呼び出された、と言って出かける日がある。

「そうッスねー、さすがに王都は国王陛下のお膝元ッスからね。この間の赤水病《せきすいびょう》みたいに、王都で変な病気が流行《はや》った時は連携して動いてるッスからね。顔合わせは絶対あると思うッスよ」

「ですよね。もうちょっとマナーとか勉強しておけばよかった……」

「お？　自信ないッスか？」

「緊張するとちょっと……、いつも通りやればいいって言われますけど、無理ですよね？」

「無理ッスね！　俺は色んな人にすっげー怒られたッス」

基本、表に出ない影だからといって、マナーや常識がなくて良いということではありません よ。笑顔の上司はそうおっしゃって、付きっきりで指導してくれた。

有難かったのだが、同時に怖かった。もう一度、とか言われたら絶対無理だと思って、死ぬ気で覚えた記憶がある。

「アヤト先輩とジーク先輩に習うといいッスよ。アヤト先輩なら、女性側のマナーも完璧ッスから」

「師匠、そういうところはきっちりやってましたもんね」

女装するなら見た目も中身も、をモットーにしていたので、マナーなども完璧に熟《こな》していた。そんな師匠と比べられるとちょっと辛《つら》い。

セレスはマナーに関しての自己評価が低かったが、実際は、王太后に仕込まれたマナーはどこに出しても恥ずかしくないというお墨付きをもらっていた。ただ、お披露目する機会がなかったので、本人が知らないだけだった。

◆

ヨシュアがセレスの護衛に付いてからしばらくの間は、何事もない穏やかな日々が続き、花街からの知らせでもコルヒオがおかしな動きをしているということはなかった。

「やぁ、セレス嬢、それにヨシュア」

そんなある日、ガーデンにやってきたのは、マリウスだった。

「げっ！　マリウス先輩じゃないッスか」

「ヨシュア、君、今セレス嬢と一緒に住んでるんだって？」

「そんな言い方はしないでくださいッス！　リド先輩に聞かれたらどうするッスか！」

「別にいいだろう？　リドだって了承していることだし」

にやりとマリウスは笑った。

「了承したからって納得はしてないッス。それはもう仕方なーくって感じだったッスよ。先輩からの威圧オーラがすごかったッス」

ジークフリードからは「分かってるな？」と一言だけ言われた。ヨシュアはしっかりと頷くことしか出来なかった。

「で、何か用でもあるッスか？」

ちゃっかりセレスに入れてもらった紅茶を飲んでいたマリウスが、荷物から取り出したのは二冊の本だった。

「そう。これをセレス嬢に届けてほしいってリドに頼まれたんだ」

一冊は赤色の表紙をした年代物の本で、もう一冊の緑色の表紙の本は新しい物だった。

「薬石の本ですね」

嬉《うれ》しそうにセレスが二冊の本をパラパラっとめくった。

両方とも中には石の絵が描いてあったが、赤色の表紙の方には古語が書かれていて、緑色の表紙の方は、石の絵だけが描かれていた。

「すごい、よくこんなそっくりに描けるものですね」

「そういうのが得意な者に描かせたからね。うちで雇ってる者の中で一番、上手《うま》いやつなんだ」

「マリウスさんのところの方が描いてくれたんですか？」

「リドから依頼を受けてね」

マリウスのところの従業員は、引きつった顔で絵を描いていた。

なにせ依頼主は国王陛下。赤色の表紙の本は貴重な本だと言うし、何で王宮お抱えの絵師にやらせないんですかーと嘆いたら、陛下の個人的な極秘依頼だからちょっとでもしゃべれば後が怖いぞ、と言われてさらに深い嘆きとともに完成させてくれた。

相場より多めの手当を渡した時、やりきった感と極秘依頼と金額の多さに、何とも言えない複雑な表情をしていたのは面白かった。

「セレス嬢。せっかくだからこれもどうぞ」

渡されたのは、美しいガラスペンと黒色のインクだった。

「これは？」

「俺からのプレゼント。この黒色は最近作られた物で、乾いた後の発色が良いんだ。アヤトやリドにも渡して使ってもらっていてね。気に入ったのなら、周りの人たちに宣伝してくれると嬉しいな」

ジークフリードやアヤトが使っているだけで貴族には良い宣伝効果があるのだが、一般の人たちもターゲットにしたいので、吉祥楼にも人数分、無料で渡した。ガラスペンと一緒にレターセットも渡した。

ユーフェミアからは、抜かりないわね、と呆《あき》れられた。

そちらの客からも注文が来ているので、すでに無料で渡した分の元は取り戻している。

「他にも色んなインクがあるから、興味があるなら今度持ってくるよ」

「基本、文字しか書かないんですが」

「気軽な手紙だと鮮やかな青色のインクを使ったりする人もいるよ。そうそう、こういうインクの色は、石から取り出す場合が多いんだ。砕いて液体に交ぜると綺麗《きれい》な色が出るんだよ」

「自然の物って面白いですね」

「そう。だから、セレス嬢が石から薬を作り出しても不思議じゃないよ。というわけで、必要な石があったら持ってくるから俺に言ってね」

「あれ？　ひょっとして、それもジークさんから頼まれました？」

「あっはっは、そうだよ。まぁ、実際、うちは他国にまで手広く商売してるから、たいていの物なら手に入る。値段は気にしなくていいよ。こっちも投資のつもりでやるから。それで新しい薬が出来たら、そこに商売のチャンスも生まれるしね」

もし本当に石から薬が出来るのなら、季節によっては採取出来ないことがある薬草よりも安定した供給が可能になる。セレスの近くにいれば、その情報をいち早く取得出来るので、ある程度確保しておくことが出来るだろう。

「取りあえず、白零石の手配はしてあるから、入荷したらすぐに持ってくるよ」

「白零石、もう手配してあるんですか？」

頼むつもりではいたけれど、先に本の解読をしてから、と考えていたので、手配の早さに驚いた。

「ああ、リドが絶対に注文が入るから先に用意しておけ、ってうるさかったから。この国でも採れるけど、より白くて上質だと言われているのが西の方の山で採れる石だからね。一応、両方とも手配してあるから、比べてみるといいよ」

「ありがとうございます」

セレスもちょっと気になっていたのだ。同じ薬草でも育て方や環境で強い弱いがある。同じように石でも採れる場所次第で効果が変わるのかどうか知りたかった。

「じゃあ、気になった石は早めに教えてくれよ」

そう言うとマリウスは、笑顔で帰って行った。

「マリウス先輩、あんまりここにいるとリド先輩に怒られると思って、とっとと帰っていきましたッスね」

ヨシュアがぷすっとしていたので、セレスは笑ってしまった。

「お嬢ちゃん、マリウス先輩はお口が上手なので気を付けるッスよ。あ、でもお嬢ちゃんの場合は後ろにリド先輩がいるから大丈夫ッスね」

同じようにヨシュアの後ろ、というか上司にジークフリードがいるので、基本的には嘘《うそ》をつかれるということはない。ただ、ヨシュアなら多少は遊んでも大丈夫と思っているふしはある。

「ヨシュアさんの年齢に近い方々って、ジークさんを怒らせなければ良し、とか思ってるんですか？」

「それはあるかもッス。皆、基本的には自由人なんスけど、唯一共通している思いが、リド先輩が絡む時はおふざけ禁止！ってとこッスかね」

皆、自分の寿命を大切にしながら生きてるッス、とヨシュアはからからと笑った。

別にジークフリードを危険人物と認定しているわけではないが、誰だって竜の尻尾を踏んで怒りを買いたくはない。

「今だったら、お嬢ちゃん絡みでの失敗は確実に先輩に怒られる案件ッスよ。マリウス先輩も分かってるから、下手は打たないッス。それにローズ様にも怒られるッス」

「あの、マリウスさんとローズ様って、どうなんですか？」

年頃の乙女であるセレスは、実はずっと気になっていたのだ。

お友達だとマリウスは言っていたが、ちょっと違う気がしてしょうがなかった。

「あー、そうッスねぇ。ローズ様はお友達って思ってるッスけど、マリウス先輩は違うッスよ。ただ、先輩は最近、本気でローズ様を狙ってるッス」

ヘタレの友人が悶々《もんもん》としている間に、恋敵が一歩以上リードしている状況だ。

リヒトを焚《た》き付けてみたものの、観劇での失敗がまだ尾を引いているらしく、どよんとした空気が流れただけだった。

「マリウス先輩は、個人的にはいー先輩ッスよ。何だかんだ助けてくれるッス。俺、男だけど先輩が旦那さんだったら、幸せになれそうッスもん。優しいし、気も遣ってくれるッスからね」

「分かる気がします。マリウスさん、すごく周りを見てますよね。今っていうタイミングで手助けしてくれそう」

「そうッス！　声をかけるタイミングとかも完璧ッス！　あれはぜひとも見習いたいんスけど、俺がやるとどうもおかしな方向に行っちゃうんッスよね。なんでだろう？」

ヨシュアは首を傾《かし》げていたが、セレスはそれも何となく分かる気がした。

「申し訳ないですが、ヨシュアさんは絶妙に外しそうです」

「よく言われるッス」

「感性が違うんですよ、きっと。人それぞれということで」

「まぁ、自分でもさすがにマリウス先輩になれないことは分かってるッスよ。俺の周りの先輩たちって個性強めッスけど、周囲の状況をよく見てる人たちばかりなんスよ。尊敬はしてるッス」

「ふふ、そうですね。私は一つのことに夢中になったら周りが見えなくなってしまうので、いつも師匠やディに怒られています」

「お嬢ちゃんは歩きながら考え事をしてるッスからねー。この間だって何もないところで転びそうになってたじゃないッス」

「あ、あれは……！」

セレスのクセになってしまっているのが、歩きながらの考え事だ。

何となく歩いていた方がどっぷり思考の海に浸《つ》かれるので、ついついうろうろしてしまう。

無意識に歩いている状態なので、気が付いたら何かに躓《つまず》いたり、ぶつかりそうになっていたりすることが多い。

一応、外ではやらないように気を付けて、家の敷地内でやるようにしている。

この間は室内でうろうろし始めていたのに、気が付いたら奥庭をうろついていて転びそうになったところをヨシュアが助けてくれた。

「お嬢ちゃんが怪我《けが》したらリド先輩が乗り込んでくるッスよ。うっかりそのまま先輩が居着いたらどうするッスか？」

ヨシュアはにやにやしながらセレスに質問をした。

ジークフリードなら喜んでセレスの世話を焼いてくれるし、甘やかしてもくれるだろう。きっと、セレスが他の男に目を向ける余裕なんて与えてくれない。

エルローズとマリウスのことが気になっているお年頃のセレスが、自分の恋愛についてはどう思っているのか聞いてみたかったので、ジークフリードが一緒に住んだらどうするのか聞いたのだ。

「……ジークさんが居着いたら、毎朝、どうしようか困ってしまう気がします」

「は？　困るッスか？」

「ええ。だって毎日、朝一であのありがたい美貌を見ることが出来るんですよね。毎朝、拝む？　祭壇とかいるのかな？」

「お嬢ちゃん、リド先輩も朝から拝まれたら困るッスよ。祭壇もいらないッス」

「いらないですか？　あ、ジークさんって寝る時、どんな寝間着なんでしょう？」

セレスとヨシュアは、しばらく固まって考えた。

「……バスローブ？」

「……ワインレッドの？」

次の瞬間、二人で「似合う！」「赤ワイン持って！」と言って笑い出した。

ヨシュアに至っては、ヒーヒー言いながら涙を流して大爆笑していた。

「ヤバイッス！　俺、次にリド先輩に会った時、笑いを堪《こら》えることが出来なさそうッス！」

しばらくの間、二人の笑い声がガーデンに響いていた。

◆

たまにヨシュアと馬鹿話をして過ごしていたが、さすがにずっと籠もってばかりだと退屈になってきたので、ヨシュアを護衛に買い物に出かけるくらいならOKという許可をもらい、外出をすることにした。

「あら、お嬢ちゃん。買い物？」

久しぶりの買い物にちょっとだけ浮かれて歩いていたら、ラフな格好で歩いていたユーフェミアと市場近くの道で会った。

「ユーフェさん。ユーフェさんもお買い物ですか？」

「えぇ、お気に入りの紅茶を買いにきたのよ。あら、ヨシュアじゃない、お久しぶりですわね」

ヨシュアは、ユーフェミアと学園で同じクラスだった平民の青年。

リヒトの友人だった彼は、王宮に勤めたと聞いている。恐らくセレスの護衛だろうから、間違いなく命じたのは国王陛下だ。

そう言えば彼は、パメラの幼なじみだと聞いた覚えがある。

「本当にユーフェさんとお知り合いだったんですね。同じクラスだったって聞きました。パメラさんは、幼なじみだって」

「そうみたいね。私もそう聞いたことがあったわ。最近、パメラにはお会いになって？」

「お久しぶりッスー。……あの時以来、パメラには会ってないッス。そもそもパメラも行方不明になってたッスから」

「あら？　あー、まあ、そうでしたわね」

思わずユーフェミアは苦笑してしまった。

そう言えばそうだった。パメラも賠償金の支払いの為《ため》に花街に売られたのだが、当然、吉祥楼で買い取った。それからは花街で生きる為に上役たちに隠されて教育されていたので、表に出てきたのもほとぼりが冷めてからだし、今でもパメラは基本的に裏方の人間なので、そうそう表には出てこない。

一部では、吉祥楼の隠れた氷の花、なんて呼ばれている。本人は不本意そうだったが。

「パメラは、うちで教育係のようなことをやってくれているからあまり表には出てこないけれど、訪ねていらしたらいいわ。その時は、ちゃんとパメラを捕まえておくから」

いたじゃない、パメラにもいい相手。

そんな相手はいない、ときっぱり言っていたが、パメラのことを最後まで気にしていたのは彼だけだった。

うふふふふ、と大変良い笑顔で笑うと、ヨシュアが若干引いた感じを見せた。

「ユ、ユーフェミア嬢、何か笑顔がアヤト先輩に似てきたッス」

「そうかしら？　アヤトみたいに、いつでも企《たくら》んでる感じはなかなか出せないと思うんだけど。それから、私はもう貴族じゃないから気軽に呼んでちょうだいね」

「……夫婦は似てくるって言うッス……。後、気軽に呼んだら間違いなくお仕置きされるんで、せめてユーフェミアさんって呼ばせてください。お願いします」

「誰が夫婦なのよ。アヤトと一緒にしないで」

あんな風にいつでも企んでます、っていう感じの怪しげな笑顔は持ち合わせていない。

それとお願いの使い方がおかしい気がする。とは言え、アヤト絡みだとどこでどう彼の癇《かん》に障るのかがちょっと謎なので、危険を冒したくないのはこちらも同じだ。久しぶりに再会した自分よりはヨシュアの方がその辺りについて良く分かっていそうなので、呼び方については了承した。

「ありがとうッス。それとユーフェミアさん、アヤト先輩は貴女《あなた》のことになると、ものすっっごく心が狭くなると思うので気を付けるッスよ」

「……何だろう、ちょっと否定出来ないわね……」

アヤトのお気持ちをしっかり教え込まれた身としては、残念なことにヨシュアの言っていることが理解出来てしまう。

そんな二人をセレスはクスクスと笑いながら見ていた。けれど、不意にどこかから見られている、という感覚を覚えたので周りを見回した。

雑踏の中、帽子を被《かぶ》った少女がこちらをじっと見つめていた。

綺麗な金の髪の少女は、着ている服から考えても貴族だろう。だがその顔立ちは、どこかで見たことがあるような気がした。

「あの……貴女、は……？」

「お嬢ちゃん、下がっているッス」

いつの間にかセレスの前に出たヨシュアが、剣の柄《つか》に手をかけながら片手でセレスを制した。

ユーフェミアもセレスを守るように傍《そば》に寄ってきた。

少女は、セレスより二、三歳くらいは年上だろうか。

少女というべきか大人の女性と言うべきか迷うところだ。周りに護衛らしき人はおらず、たった一人でこちらを見て佇《たたず》んでいた。

少女がゆっくりとこちらに向かって歩いて来たので、ヨシュアは剣を抜こうとしたのだが、それにセレスが待ったをかけた。

「待ってください、ヨシュアさん。多分……大丈夫です」

セレスがそう言ったので、ヨシュアはいつでも剣を抜けるようにしつつ、少女が近づいてくるのを待った。少女は、セレスたちの前に来ると、ほっとしたような顔をした。

「……貴女が……貴女が無事で良かった……」

呟《つぶや》かれた言葉は、セレスの無事を喜んでいた。

「貴女に何かあれば、私は本当にあの方々に何と言ってお詫《わ》びすれば良かったか……危ないことはなさらないでください。お姉様方のお望みは貴女の無事なのですから。全く、あの方の子孫はあの方同様、一歩遅い。もし貴女に何かあればどうするおつもりだったのか……まあ、私が言えたことではありませんが……」

くすり、と少女が笑った。

「今日は、貴女の無事を確認しに来ただけです。どうか、お気をつけください」

そう言うと、少女はくるりと背を向けて、雑踏の中に向かって歩き始めた。

「待ってください。貴女は一体？」

慌ててセレスが声をかけると、少女は一度だけ振り向いて、綺麗な礼をしてから人の間に消えて行った。

「……今のは一体……？」

意味が分からずセレスがそう呟くと、ユーフェミアは少し考えるそぶりをした。

その間にヨシュアがちらりとどこかを見て、影が少女の後を追って行ったので、素性はすぐに分かるだろう。

だが、ついこの間、似たような話をパメラから聞いたばかりだ。……パメラの兄のことと言い、ソニア・ウィンダリアのことと言い、案外ジークフリードたちよりも、ただの花街の人間であるこちらの方が重要な情報を握っている気がする。

「セレスちゃん、ちょっと聞くけど、貴女のお姉さんって貴女に似ているの？」

「姉、ですか？　私と弟は良く似ていると言われますが、じいたちに聞いた限りでは、姉とはあまり似ていないそうです。姉は母に良く似ていて……金の髪をしている、と……まさか、今のって？」

「ええ、そう思うわ。昔、パメラがソニア嬢に、十年前の出来事を示唆するようなことを言われたって言っていたの」

セレスとユーフェミアは顔を見合わせた。

「ええ！　何ッスか？　その情報！　何でこっちが知らない情報、握ってるんッスか！」

「ヨシュアさん！　師匠に今の出来事を話してきてください。私、ちょっと追いかけます！」

「あ、待つッス！　お嬢ちゃん！」

「貴方《あなた》はアヤトかリド様のところへ行って！　私が一緒にセレスちゃんと行くから！」

「ちょっと待つッス二人とも！　あー、こんな時に限って、誰もいないッス！」

走って行ったセレスとユーフェミアについて行こうと思ったが、ここで誰かがジークフリードやアヤトに伝えないといざという時、助けられない。全員、行方不明とかシャレにならない。

一緒にセレスに付いていていた影は、金髪の少女を追いかけて行っている。まさか少女の正体がこっちで予測出来て、守るべき二人が走って行くとは思ってもみなかった。とはいえ、彼女たちの予測通り今の少女がソニア・ウィンダリアならば行く先はウィンダリア侯爵家だ。追いかけて行った影もそちらに向かうだろうし、あそこにはセレスの味方である執事や使用人たちがいる。最悪の事態は回避出来る、と信じたい。

「仕方ない」

チッと舌打ちをしたヨシュアは、先輩たちのいる場所に向かって全力で走り出して行った。

◆

本日、お城でせっせと業務に励んでいてすぐには動けないであろうジークフリードよりは、薬師ギルドの長の方がフットワークは軽い。いくら王太子に国王の座を譲るために公務を徐々に移行していっているとはいえ、現在の国王はジークフリードなので激務ではある。ましてついこの間、久しぶりの長期休暇を取り、先日は赤水病の対応をして、終わったと思ったらセレスのちょっとした家出を迎えに行ったばかりなので、仕事が列を成して待っていた。なのでジークフリードは、現在、宰相と一緒に執務室で缶詰状態だ。

ジークフリードよりはアヤト、という判断をしたヨシュアは、薬師ギルドの長のもとへと駆け込んだ。

「せんぱーい！　大変ッス！」

アヤトの執務室の扉が勢いよく開いたが、その割りにはほとんど音がしていない。この辺りはさすがに影だけあって、静かに！　ということが身体《からだ》に叩《たた》き込まれているようだ。

「何があった？」

ヨシュアは、セレスの護衛に付いていたはずだ。今日は久しぶりに外に出ると言っていたはずなのだが、どうして一人で薬師ギルドに駆け込んで来ているのか。

「それがッスね……」

ヨシュアが先ほどの出来事を事細かに説明すると、アヤトは一つ深呼吸をした。

「……なぜ、ユーフェまで一緒に行ってるんだ……。ヨシュア、ウィンダリア侯爵家の方には私が行く。お前はリドに報告して、城で大人しく待っていろと説得しろ。ウィンダリア侯爵家にはセレスの味方が多いから、大丈夫だろう。しかし、どうしてユーフェとパメラはこっちが知らない情報を持っているんだ。まったく、この分だともっと何か知っていそうだな。二人を連れ帰ったら、ヨシュアはパメラから詳しく色々と聞いてこい」

「えぇー、俺がッスか？」

「不満か？」

「……心の準備が……」

「そんなものはいらん。行って来い」

「横暴ッスー！」

どんな顔をしてパメラに会えと？　しかもこっちは横暴な先輩たちの手下だ。パメラだって、ヨシュアがジークフリードとアヤトの命令を受けていることくらい、十分承知しているだろう。

「ちょうどいい機会だ。きちんと話をしてこい。リヒトみたいになりたくないだろう？」

「あれは嫌ッス」

そこは即答した。

ぐだぐだ悩んではいるが、リヒトみたいにはなりたくない。リヒトは色んな意味で悩める男子の良い教材だ。ああなりたくなかったら迷わず動け、という。

「了解ッス。パメラと……せんぱーい、パメラは俺と話してくれるッスかね？」

よく考えたら、こっちがそんな決意をしたところで、肝心のパメラがヨシュアと話をしてくれるのかが分からない。アヤトとユーフェミアみたいにちょっと若い時の過ちがあったわけでもないし、リヒトとエルローズみたいに両片想《かたおも》いの関係でもない。単なる幼なじみ。それ以上でもそれ以下でもないので、むしろ全然知らない人間よりやりにくい気がする。

「そこは何とか頑張れ」

あっさりとヨシュアを見捨ててそう言うと、アヤトは護身用の剣を腰に差した。その姿がそこら辺の騎士より似合っていて、本当に薬師ですか？　と聞きたくなるくらいだ。

「じゃあ、後は頼む」

「リド先輩の方は、何とか頑張りまーす」

すっかり女装を辞めた先輩は、とても格好良い。いや女装の時も格好良かったのだが、それはどちらかというと男装した令嬢的な格好良さだった。今は男性として格好良い。

アヤトと一緒に薬師ギルドから出ると、アヤトはウィンダリア侯爵家の方へ向かい、自分は城に向かって走り出した。

今からジークフリードに説明しつつセレスのもとへ行こうとするのを止めて、その後、パメラに会いに行って話をして……両方とも精神的にツライ。城にはまだリヒトがいるから一緒に止めてもらえるが、パメラに会いに行くのは自分一人だ。

幼なじみとは言え、彼女の兄や自分の弟がリリーベルに夢中になった時くらいから、ほとんど話さなくなった。

パメラはいつもユーフェミアと一緒にいたので、あちら側の人間なのでは、と疑っていたくらいだ。

それはものすごい誤解だったのだが、一度崩れた信頼は中々回復しない。パメラは自分を疑ったヨシュアに見切りを付けて、決して頼ろうとはしなかった。

「……俺が完全に悪いんだけど……」

パメラの話を一切聞こうとしなかった。最後の最後に、パメラも被害者なのだと知ってものすごく落ち込んだ。ついでに花街に行く彼女に拒絶されて、さらに落ち込んだ。

リヒトのことをマジで笑えない。このままだとヘタレ認定される。

「うう、先輩を見習う、のか？」

なりふり構わず口説いて見事に想い人をゲットした横暴な先輩と、想い人の為に身の回りの整理をし外堀をしっかり埋めにいっている鬼畜な先輩を見習う……って大丈夫だろうか。

かといって、想い人を恋敵に取られかけている親友は、見習うに値しない。

「ヤバイ。どの方向にいってもパメラの冷たい視線しか思い浮かばない！」

城への道を走るヨシュアの脳裏に浮かぶのは、パメラの笑顔なんかではなく、ただただ冷たい視線を送る彼女の冷め切った顔だった。

◆

幼い頃から通い慣れたウィンダリア侯爵家へ続く道を、セレスは一生懸命走っていた。

先ほどのあの不可思議な少女。

もし彼女が本当に姉であるソニア・ウィンダリアなら、彼女の言うお姉様方やあの方というのは誰のことなのだろう。セレスにとって血縁上の姉は、ソニア自身しかいない。それにユーフェミアが、十年前の事件のこともソニアが何か知っているらしいと言っていた。

彼女がソニアなら……たとえソニアじゃなくても外見の年齢から考えて、十年前はまだまだ子供のはずだ。

なぜ学園で起きた事件、それも魅了の薬を使った事件について知っていたのだろう。

頭の中を色々な考えが巡って、うまく纏《まと》まってくれない。

「ッお嬢ちゃん！」

肩を摑《つか》まれて立ち止まると、セレスを追いかけて来たらしいユーフェミアがはぁはぁと肩で息をしていた。

「ユーフェさん」

「あー、本当に日頃の運動不足が祟《たた》ってるわ。この程度の距離を走っただけで足がガクガクよ。運動しないと、と思いながらもついつい放置した結果ね」

にっこり笑うユーフェミアに、思考ループに陥っていたセレスは、力が抜けたように息をついた。

「お嬢ちゃんはまだ若いからいいと思うかも知れないけど、運動は大切よ」

「……そうですね、運動は大切ですね」

「そうそう。で、お嬢ちゃんはこのままウィンダリア侯爵家へ行くの？」

「はい。先ほどの方が本当にソニアお姉様なら、私の知っているソニアお姉様ではありません」

いくら存在を忘れられていて、勝手に薬師ギルドに通ったり王太后のもとへ行ったりしていても、ウィンダリア侯爵家はセレスが生まれ育った家だ。

同じ家に暮らしている以上、こちらは侯爵や夫人、それに姉の様子はいくらでも知れた。セレスや侍女たちが見てきたソニア・ウィンダリアは、典型的な傲慢な貴族のお嬢様といった感じの少女だった。一番身近でソニアを見てきた弟のディーンでさえ、そう思っているはずだ。

あんな風に穏やかに話す少女ではなかった。

「私も噂《うわさ》でしか聞いたことはないけれど、ソニア・ウィンダリアはわがままお嬢様だと聞いたわ。申し訳ないけれど、本当にお嬢ちゃんたちの姉かと疑っていたくらいよ」

「姉は侯爵家の唯一の存在なんです。ディーン、弟は跡継ぎですからそれなりの待遇でしたが、両親の関心や愛情といったものは全て姉にあったんです」

セレスの言葉に、ユーフェミアはパメラの言っていたことを思い出した。

『この娘に気を向けるように誘導するので精一杯』


幼い頃のソニア・ウィンダリアが言った言葉。

どう考えてもソニアの中にいる者は、両親の関心を月の聖女であるセレスティーナから引き剝がしにかかっていた。その代わりのように、セレスの周りには彼女に愛情を注ぐ存在が配置されているように思える。

月の女神セレーネ様の采配かしら。

女神様の願いがセレスティーナという聖女の自由なら、ソニアの中の者も女神様の関係者である可能性が高い。

「お嬢ちゃん、今、お姉さんに会ったところで、きっと何も覚えてないわよ」

「え？」

「さっきも言ったけど、パメラが昔、ソニア嬢に会ったことがあったそうなの。その時に十年前の出来事を示唆することを言われたそうなんだけど、その時もソニア嬢は噂と全く違っていたそうよ。でも、その忠告を言い終わった後は、噂通りの少女に戻っていたそうなの」

「それって」

「多分、彼女の中には二つの人格があるのよ。わがまま姫と名高いソニア嬢と、先ほどの穏やかで貴女のことを心配しているソニア嬢。おそらく主人格はわがまま姫、そしてわがまま姫はもう一人の人格に気付いていないわ」

主人格はもう一人の人格に気付いてはいない、そして副人格ともいうべき存在は、影から主人格を操っている可能性がある。そこまでは言わなかったけれど、ウィンダリア侯爵家から聖女を逃がすために、女神様も必死のようだ。

「……もし本当にそうだとしても、私は一度、ソニアお姉様にお会いしたいです」

「危ないことはしてほしくないんだけどねぇ。じゃあ、私も一緒に行くわ。お嬢ちゃん一人で行かせて何かあったら、リド様に怒られちゃうから」

「ダメです。ユーフェさんに何かあったら、私が師匠に怒られます」

「うふふ、じゃあお互い怒られないように、今日はそっとソニア嬢を見るだけにしましょう？　ソニア嬢とお話するのはまた今度、リド様かアヤトと一緒の時にしましょうね」

「う……はい……」

何だかユーフェミアにうまく丸め込まれた気もしないでもないが、自分に何かあったらユーフェミアが怒られるし、ユーフェミアに何かあったらこちらが怒られる。いつの間にか、お互いが怖い保護者付きになっている。

「大丈夫よ。ソニア嬢は、別に逃げも隠れもしないわ」

「そうですね」

姉と違い、妹であるセレスは逃げて隠れたが、姉には逃げる理由も隠れる理由もない。むしろ弟によれば、第二王子の婚約者の座を狙っているらしいので、堂々とその存在を表で見せているはずだ。

「で、どうやってウィンダリア侯爵家に入るの？」

「私がいつも使っていた裏から入ります。じいが、執事がいれば一番簡単なのですが」

侯爵家で働いている使用人たちはセレスのことを知っているので問題はないが、さすがにソニアを見ようと思ったら執事の協力がいる。

「じゃあ、とりあえずその裏の方に行きましょうか」

「はい」

ソニアに会いたいと思って走って来たが、少し落ち着いたので、ユーフェミアと一緒に歩いてウィンダリア侯爵家へと向かった。

「あそこが家の正面の門です。裏はこちらの道から行きます」

ウィンダリア侯爵家は、さすがに侯爵家だけあって屋敷も門も立派な物だった。月の聖女という特殊な存在が生まれる家ではあるが、領地もそれなりに治めているので、領主としては可もなく不可もないという感じの評価を得ている。王都でもそれなりに大きな屋敷を構えることが出来るくらいには、歴史を持っている。

「さすが、侯爵家。広いお屋敷ね」

「はい。そのおかげで、会おうと思わなければ簡単に隠れられました」

ウィンダリア侯爵家の忘れられた次女。

こっちの噂も聞いてはいたが、確かにこれだけ広ければどこにでも隠れられただろう。

「それもどうかと思うけれどね。お嬢ちゃんは隠れて何をしていたの？」

「侍女たちの真似事《まねごと》を。将来的には、この屋敷を出ると思っていたので、一通りは自分で出来るように教えてもらっていました」

危ないからと料理はさせてもらえなかったが、それ以外のことは一通り教えてもらった。

この屋敷の使用人たちには感謝しかない。

のんびりと屋敷を眺めながら昔の思い出話などをユーフェミアとしていたのだが、何となくいつもと違う雰囲気なことに気が付いた。

「あれ？　誰か来てるのかな？」

「あら？　分かるの？」

「何となく、ですが。それに門の奥にある馬車が見慣れない物なので」

この位置からだと少し遠くて分かりづらいが、それでも侯爵家の馬車でないことは何となく分かる。

「ならまた別の日に来る？」

誰かが来ているのなら、執事もそちらの対応に出ている可能性が高い。今行っても会えないかもしれない。

「そうですね……」

「お嬢様！」

セレスがユーフェミアに話しかけようとした時、聞き慣れた声で呼ばれて振り返ると、執事が珍しく慌てた様子で走って来た。

「じい」

「お嬢様、本当にお嬢様なのですね。庭師がお嬢様が門のところにいる、と教えてくれた時は驚きました。お嬢様、すぐにここから離れてお隠れください」

「え？　じい、どうしたの？」

滅多に取り乱すことのない執事の慌てた様子に、セレスが驚いていた時にその声は聞こえて来た。

「セレスティーナ！」

執事とは反対側、侯爵家の正面の門から自分の名を呼んだ声は、本来この屋敷にはいないはずの人物の声。

「……何とも間の悪い」

執事の苦い声。

「捜したぞ、セレスティーナ」

迷うことなく真《ま》っ直《す》ぐにこちらに向かって来たのは、絵物語に出てくるような王子様。

というか、本物の王子様。後ろから護衛たちが慌てたように付いて来ていた。

「殿下?」

「ああ、無事で良かった、セレスティーナ。ずっと捜していたんだ」

第二王子ルークが、とろけるような笑顔でその場に立っていた。

第五章　次女と第二王子

前を呼んだ。
正真正銘の王子様がセレスの前に立っていて、まるでその存在を確かめるかのようにセレスの名
「セレスティーナ」

「ルーク殿下」

セレスを慈しんでくれた王太后様の孫。

セレス本人の感覚としては幼なじみで友人、といったところだったのだが、いつの頃からか少しずつルークはセレスに執着し始めていた。

基本的に一人で行動することに慣れきっていたセレスがルークの執着心に気付いたのは、学園を辞める一年くらい前からだった。少しずつ広がっていた新しい友人との関係に、何故《なぜ》か口出しをしてきたのが始まりだったと思う。にこにこ笑いながら「婚約をしよう」と言われ、さすがにヤバイと思い、王太后様にも相談した。

その時は王太后様から注意がいったので大人しくなったが、セレスが学園を辞める前には、誰が見てもすぐ分かるくらいには執着されていたと思う。

ルークのことが嫌いかと問われればそこまではないが、何となく、ルークは自由を与えてくれ

ない、というような気がしていた。ルークは、宝物は自分だけが見られるように隠すタイプの人間だと思う。

だから、逃げた。

王族であるルークと会うことなど二度とないと思っていたのに、まさかここで会うなんて、ちょっと運命の神様のイタズラとやらに怒りたい気分になった。

「無事で良かった、セレスティーナ」

「無事、ですか？　無事も何も、私は特に危ないことなどしていませんよ？」

「何を言ってるんだ。貴族の娘が突然、平民の生活をして平気な訳ないだろう？　なぜいなくなったんだ。僕の婚約者になれば、危ないことなどしなくて済むんだよ」

ルークは至って真面目に言っているのだろうが、セレスとしては物心ついた頃から侍女たちに連れられて街で買い物やら何やら色々としてきたし、師匠に弟子入りしてからは薬師ギルドに出入りしながら生きてきたのだ。ルークが思っているほど危険な生活も、慣れない生活もしていない。何なら、こっちでの生活の方が慣れているくらいだ。

そう言えばルークと会っていたのは、基本的に王太后の離宮か学園でのみ。

日常的に会う方でもなかったので、すっかり忘れていた。

セレスにとっての日常は、ルークにとっては危険な日々と認識されているようだ。

「殿下、何度もお伝えしていますが、私は貴方《あなた》の婚約者にはなりません」

この件に関して、セレスはルークに曖昧な返事をしたことがない。

いつだって断ってきた。

ルークは、セレスが『ウィンダリアの雪月花《せつげつか》』であることを知らないはずなのに、ずっとセレスに対して執着を見せてきた。まるで真綿でくるむようにして、周囲の者たちに間違いなくその真意が伝わるように行動していた。

「セレス、今の僕は君が何者であるかを知っている。知ったからこそ、余計に傍《そば》にいてほしいんだ」

「何者であるか……？　殿下、それはどういう意味ですか？」

「君のその髪色の話だ」

セレスは、最近はずっと銀色の髪のままにしていた。だが、その色は今の王都での流行の色なので、セレスが特別というわけではない。道を歩けば、銀色の髪の女性が何人もいるくらいだ。

ルークとは、出会った時からずっと黒色のままだった。黒色以外の髪色は、今初めて見たはずなのだが、ルークに迷いはない。セレスが銀色の髪をしていても驚いてもいないし、当り前だと思っている。

それは、セレスが月の聖女であることを知っているということだ。

「たとえ、何色であっても婚約の話は受けません」

それでも、セレスの答えは一緒だった。そして同時に、少しだけルークの感情が怖くなった。

昔、侍女に聞いた不文律。

王子であるルークは絶対に知っているはずなのに、それでもセレスに執着心を見せている。それが怖い。

今までルークは、婚約をしたいと言いながらも強引には来なかったのだが、セレスが『ウィンダリアの雪月花』であることを知った今、歴代の王族のように、無理矢理にでもセレスを手に入れようとしてくるのかも知れない。

「お嬢ちゃん、大丈夫よ」

ぶるり、と少し震えたセレスの肩に優しく手を置いて、ユーフェミアが微笑《ほほえ》んでいた。

「ユーフェさん……」

「大丈夫、セレスちゃんには、貴女《あなた》を守ってくれる大人たちが付いているわ。遠慮なんて一切しないで、あの人たちに守られていればいいのよ」

特にジークフリードなんて、セレスが絡めばすぐに動いてくれる。

というか、この王子様、絶対にリド様の許可なんてもらってないわよねぇ。

ジークフリードが許可なんて出すわけがないのだから、ルークの言葉は信用出来ない。セレスと婚約する用意があるとかいったところで、嘘《うそ》に決まっている。

「うふふ、何て顔をしてるのよ。大丈夫よ、怖くないから」

「……あ……」

ユーフェミアとパメラが生まれた家は、貴族の中でもそれほど上の立場でもないし、どちらかといえば市民に近い家柄だった。だがそれでも『ウィンダリアの雪月花』にまつわる記録は残っていたし、あの銀の飴《あめ》をくれたお姉さんのことを思い出して以来、月の聖女という存在がおとぎ話の中だけに存在するものではないということを実感していた。

月の女神で女性の守護神であるセレーネは、花街の女性たちにとっても信仰の対象となっている。

そんな女神の愛娘《まなむすめ》が同じ時に生きているのならば、守ってあげたい。

「ユーフェさん」

「下がっていて、セレスちゃん。アヤトはいないけれど、セレスちゃんの保護者の一人として、私がお話し合いをするわ。ね、王子サマ」

接客用の完璧な笑顔で、ユーフェミアはルークと対峙《たいじ》して、彼を真《ま》っ直《す》ぐに見つめた。

遠くから見ただけでも本当に良く似ているとは思っていたが、こうして真正面から見ると父である先の王太子にそっくりだ。蘇《よみがえ》って来ました、と言われたら信じてしまいそうになる。

ただ、外見はそっくりでも纏《まと》う雰囲気というものがやっぱり違う。

彼《か》の王太子は、もっと老獪《ろうかい》な雰囲気を醸し出していたが、目の前の王子サマはまだまだ青臭い。

青臭い王子サマは、ユーフェミアと彼女にかばわれているセレスを交互に見た。

「セレス……」

ルークがセレスの名を呼んでも、セレスはユーフェミアの傍を離れなかった。

セレスがユーフェミアを信頼しているというのは、その仕草だけでも分かる。それは、今のルークには決して向けられないものだ。

ルークは息を吐くと、ユーフェミアに笑顔を向けた。

「僕はルーク。この国の第二王子だ。貴女は？」

「私はユーフェミアと申しますの。セレスちゃんの保護者の一人よ」

接客用笑顔のユーフェミアと王子様スマイルという名の笑顔のルーク、二人とも笑顔で対峙しているのだが、雰囲気がものすごくとげとげしい。笑顔なのに、二人とも目が笑っていない。

「僕とセレスは、大切な話の最中なんだ。邪魔をしないでもらえるかな？」

「まぁ、まだお話し合いの最中でしたの？　〝大切なお話〟とやらは、セレスちゃんにお断りされて終了していましたわ。それとも、私の幻聴だったのかしら？　ちゃんと振られてましたわよね。ここにいる全員に聞こえていた言葉は、貴方様には届いていないのですか？」

今ここにはルークの護衛の人間もいる。その人たちにも、セレスのお断りの言葉は聞こえていたはずなので、護衛の人間を見てみると、みんなどことなく気まずそうな顔をしているが、誰一人として否定の声は出てこなかった。

「皆様、聞いていらっしゃったようですわ。ですから王子サマ、セレスちゃんのことは諦めてくださいな」

「……もっと深く話せば、セレスも分かってくれる」

「あらあら、聞こえていないのではなくて、理解したくないようですわねぇ。優秀だと評判の頭脳は、どちらに置いてこられたのでしょう？　私のような庶民でも分かるくらい簡単な言葉だったんですけれど」

うふふふふ、と軽やかに笑うユーフェミアに対して、ルークの方は少しむっとした顔をした。

あら？　この王子サマって、ひょっとしてあまりこういう感じで嫌みとか言われたことがないのかしらね。最初こそ笑顔が出来ていたけれど、今は感情をうまく隠せていないし、口撃《こうげき》に慣れていない感じがするわ。王族の数が減っているせいかしら、まさかの箱入り息子みたいねぇ。

接客用笑顔を崩さずに口撃しているユーフェミアが知っている王子様（当時）二人は、この程度の口撃ならすぐに反撃してきたし、表情も変えなかった。これがスパルタ系で鍛えられていた王子様と、大切に育てられた王子様の違い、というやつだろうか。

あの当時の王子様たちは、一人は妹の絶対的な味方でもう一人は妹と敵対していた。

そして、敵の敵は味方にならず、なぜかユーフェミアにも敵対していた。

妙な三角関係だったと思う。だが、どちらの王子様もこの程度の嫌みには、笑顔で返してきていたものだ。

先代の王が少し身体《からだ》が弱かったせいで、成人する前から外交官としての顔を持ち、要人たちに鍛えられていた第一王子と、奇人変人、秀才天才の集団（全員性格に難有り）と言われた年代を纏め上げて、歴戦の騎士たちに遊ばれていた第二王子。

どちらの王子も、一癖も二癖もある人間たちに鍛え上げられていたが、今の王子様たちの周りは比較的穏やかだと聞いている。

それに王子たちの母親である王妃は、過保護なのだと聞いたことがあった。あの集団に容赦なく息子たちを放り込んでいた先代の王妃＝今の王太后とは、ずいぶん違う。

笑顔の裏側で王子様比較をしているユーフェミアに対峙する為《ため》に、ルークは深呼吸をした。

肝心なのは、セレスティーナを連れ帰ること。

出来れば王宮で保護したい。

母からも会ってみたいので連れて来るように言われているし、連れて帰ってしまえば、父王も王宮で保護する許可をくれるだろう。

セレスティーナに一度でも王宮に行くと言わせればいいだけだ。

「貴女はセレスティーナの保護者の一人というが、血縁関係や家族ではないはずだ。ただの知り合いに過ぎないのなら、少し下がっていてもらえないだろうか」

言い方は丁寧だが、実質は命令だ。たしかにセレスとは血の繋《つな》がりはないが、家族となるとまた別の話になる。

「そうね、私とセレスちゃんに血の繋がりはないわね」

でもそのおかげであの時、銀色の飴がもらえたので、セレスとの血縁関係はなくて正解だったと思う。

「うふふ、だけど家族となると話は別よ。だってセレスちゃんは、いずれ私の可愛《かわい》い義娘になるんですもの」

ユーフェミアの宣言に、セレスが「え？」という顔をしたが、ユーフェミアはまず間違いなくセレスが自分の義娘になると確信していた。

セレスティーナの相手は、ジークフリード。

セレスが月の聖女であるというだけで資格は十分にあるが、さらに後ろ盾がいればもっと良い。

アヤトの弟で家督を継いだヘタレな弟君がそっち方面で一切当てに出来ない以上、アヤトの養女にするのが一番速くて安全だ。

アヤトがはっきりとセレスを養女にすると言ったわけではないが、アヤトの娘になるだけで、たとえ王族と言えども手を出しづらい存在になる。

そして自分は、確実に巻き込まれる。

セレスがジークフリードから逃れられないように、こっちもアヤトから逃れられると思えないし、逃げる気もない。いずれ家族になるのなら、時期が早まろうが何の問題もない。

問題があるとすれば、このことをアヤトが知ったらすぐに結婚しようと言い出すくらいだ。

一応、本当に一応だが、結婚式にはそれなりに憧れがあるので、こっちの意見を聞いてほしいと願っているが、服やら何やらのセンスは、確実にアヤトに負ける。女子力全開の薬師ギルドの長には、花街の一流女性陣も負けているくらいだ。

ともかく、近い将来家族になるのならば、もう開き直って可愛い未来の義娘を守ろう。

「ユーフェさん、私のお母さんになるんですか？」

「ええ、そうよ」

「……師匠に無理強《じ》いは？」

「されてないから、安心してちょうだい」

アヤトのお気持ちは、もうしっかり教えてもらった。それに万が一セレスがジークフリードから逃れたくなった場合も、ティターニア公爵家は役に立つ。

『ウィンダリアの雪月花』を保護するのは、ティターニア公爵家の役目だ。

「そんなわけでね、王子サマ。未来の義娘の将来のことは、母親である私にとっては大問題なのよ。本人がすでに断っているし、じっくり話をしたところで、答えは変わらないと思うわ。それにしつこい男は、余計に嫌われるわよ？」

セレスは、ユーフェミアの言葉にうんうんと頷《うなず》いている。

「それとも王子サマは、望めば全てが手に入るとでも思っていらっしゃるのかしら？」

だとしたら、思い違いも甚だしい。『ウィンダリアの雪月花』のことだけでも、歴代の王族たちがどれほど望んでも手に入らなかったのだ。成功しかけている人が現在進行形で一人いるけれど、月の聖女の方が特別なのでノーカウントだ。

この王子サマは、外見こそ理想の王子様像を体現しているが、中身が大甘だ。

この大甘さ加減は、彼の父親と全く違う。おかげで別人だと安心出来るのだが、一国民としては、こんな大甘な王子サマでこの国は大丈夫なのかと心配になる。まぁだからと言って、あの人たちのような性格の王子様が溢《あふ》れていたら、それはそれでイヤなのだが。

「……別に全てが手に入るとは、思ってはいない。だが、セレスティーナは別だ。彼女は、僕が守らなくちゃいけない存在なんだ」

……前言撤回。大甘だが言葉だけは、そっくり同じことを言ってくる。

貴方のお父さんも、同じようなセリフを言っていましたよ、奥さん以外の女性相手に。

あっちは、もっとねっとり感があったけれど。

「あらまぁ。セレスちゃんが、今まで貴方に守られていたかしら？　どちらかというと、貴方から逃れてきたんでしょう？」

セレスが学園を辞めた理由は聞いている。その最大の理由であるはずの人が、セレスを守りたいと言うなんて笑わしてくれる。人を好きになることはもちろん大切なことだが、相手が同じ想《おも》いを返してくれるとは限らない。一方的に押しつけるだけではだめなのだ。

「セレスを守る為だ」

「どなたから守るおつもりでしたの？　セレスちゃんを害そうとする相手がいたのなら、とっくの昔に排除されていたでしょうよ」

主に師匠とかその周辺の人間によって。でも今の言葉から分かった。この王子サマは、はっきり言って何も知らない。セレスの師匠がどこの誰なのかということも、分かっていない。

ますますセレスは渡せない。

「貴方は、何も知らなさすぎるわ」

ユーフェミアの言葉と同時に、今まで無風だったのにふわりと風が舞った。

その風は、ユーフェミアとセレスのもとにルークが身に纏っていた香水の香りを運んできた。

「……え……？　この匂い……王子サマ、貴方、何を付けているの？」

うっすらと匂ってきたその香りは、昔、よく嗅いだ匂い。そしてつい最近、セレスが偶然作り出した匂い。

その香りは間違いなく〝魅了の香水〟の匂い。

薄いが間違いなく〝魅了の香水〟の匂いが第二王子から漂っている。

経験上、ユーフェミアはどの程度の匂いでどれくらいの効果があるのかを知っていた。

この程度の匂いならば、あまり効果はない。ただ、何回もこの匂いを嗅いでいれば、それなりに効き目は出てくる。熱狂的な信者は作れないが、何となく断れずに面倒な頼み事でも引き受けてくれる人間を作るくらいならばいける。

「お嬢ちゃん、あの王子サマから今までこの匂いがしたことはある？」

「いいえ、ありません。もしこの匂いがしていたら、自分で作った時に気が付きました」

「そうよね」

セレスは今までになかった匂いの香水を目指して作っていたので、その香水がルークが使用しているのと同じ匂いの物だったのならばすぐに気が付いた。あの時、ユーフェミアのもとへ持って行った香水は、全て新しい匂いの物ばかりだった。

セレスが知らなかったということは、ルークがこの香水を付けはじめたのは、セレスが学園を辞めた後のことなのだろう。

「殿下、失礼ですが、この香水はどうされたのですか？」

セレスとユーフェミアが何やらこそこそと話していると思ったら、いきなり香水のことを聞かれてルークは意味が分からない、という顔をした。

「香水？　なぜいきなり香水の話になるんだ……？　まあ、いい。これは、母上にいただいたものだ」

セレスが全然見つからなくて落ち込んでいた時に、母である王妃がくれたものだ。

この香水を身に纏っていれば望みが叶《かな》う、そう言われた。おまじないのようなものだろうとルークは思っていた。

「これでも君がいなくなって、落ち込んでいたんだよ。母上曰《いわ》く、この香水は望みが叶う香水らしくてね。まぁ、おまじないのようなものだろうと思っていたのだが、嫌いな匂いではなかったし、こうして君に会えたからのだから、あながち間違いでもないのかもね」

望みが叶う、の意味は違うだろうが、ルークにそれを教える気はない。使い続けられても困るが、それよりこの香水をルークの母、つまりこの国の王妃が持っている方が問題だ。それに言葉から察するに、王妃はこの香水が何なのかを知っている。知っていて息子に渡したのだ。

「……やっかいね」

ユーフェミアがふう、と息を吐いた。

王妃が香水を手に入れたのが最近なのか、それとも十年前なのか。

最近ならば、この香水の作り方を知っている者が再び現れたことになるし、十年前ならば、何らかの形で王妃が関わっていたことになる。

だが、十年前にこの香水に関わって命を落とした当時の王太子は、彼女の夫だ。王太子だった夫を殺しても、彼女には何の利益もない。いかに実家が四大公爵家の一つとはいえ、夫である王太子が亡くなれば彼女の地位は不安定なものになっていたはずだ。まして魅了の薬を使用した香水ならば、どんな事態になるのかなんて想像も付かないはずだ。

「殿下、その香水ですがまだ残っていらっしゃいますか？」

「もちろん。この香水に興味があるの？　残りの物は僕の部屋にあるよ」

にっこりとルークが笑った。どんな形でもいいからセレスティーナを城に連れて帰る。ちょうど良い口実が出来た。この香水がそんなに気になるのならば、一緒に城に来るしかない。

「お嬢ちゃん、馬鹿なことは言い出さないでね」

ユーフェミアが小さな声でこそこそと言ってきたのだが、セレスは首を横に振った。

「でもユーフェさん、これがもし本物ならば放置してはおけません。私も薬師の端くれです。本物なら解毒薬を作らないと、十年前の繰り返しになるだけです」

アヤトから聞いた十年前に事件。その時に解毒薬があれば、また事態は違っていたはずだ。解毒薬を作るにしても、まずは毒本体を入手しなければ色々と分からない。

「危険よ」

「わかっています。でも行かせてください」

実の姉と思《おぼ》しき人物を追って来ただけだったのに、まさかここで魅了の香水に出合うとは思わなかった。

でも出合ってしまった以上、解毒薬を作らないと危険すぎる。今回はまだ被害の報告はないけれど、十年前のように被害者が出てからでは遅い。

確かにルークと一緒に行くのは危険かもしれない。だがルークは第二王子だ。行く先もお城である以上、そこまでおかしなことにはならないはずだ。

「ユーフェさん、私、殿下と一緒に行きます。申し訳ないのですが、このことを師匠に伝えてもらっていいですか？」

「……もう、仕方ないわね。わかったわ、アヤトにはちゃんと伝えるわ」

それにユーフェミアにも色々と伝手《つて》はある。花街にある高級なお店のオーナーなんてやっていると、それなりに知己は出来るものだ。

もちろん最終兵器・ジークフリードという手はあるが、それだとやっかいなことにしかならなさそうなので、その一歩手前くらいで止められる人物に連絡をしておこう。

「いい、お嬢ちゃん、いざとなれば大勢の人目があるところに行って名乗りなさい。ウィンダリアの名を持つ銀色の髪の聖女には、誰も手を出せないんだから」

「それは出来れば最終手段としてとっておきたいです」

「気持ちはわかるけど、あそこに巣くっている人たちは裏がありすぎるのよ。もっとも裏の探り合いをしすぎてて、案外真正面からいくと弱いけれどね。だから月の聖女ですって堂々と歩いていたら、戸惑いすぎて何の手も出せないわ」

十年前の事件に遭い、花街で貴族たちの相手をしているうちに、ユーフェミアはそれを悟った。遠回しの言葉や表現を使うと勝手に裏を読もうとしてくるので、面倒くさくなって素直に物を言っていたら、案外楽に物事が進むことが多かった。

「王宮内にはアヤトの弟もいるから、アヤトからすぐに連絡がいくと思うわ。リヒトという名前なの。彼はお嬢ちゃんの味方だから、安心して頼ってあげて」

〝薬のティターニア〟の現当主は『ウィンダリアの雪月花』を絶対に守る。

ついでにエルローズのお気に入りのお嬢ちゃんに何かあれば彼女が怒るので、ヘタレの株を上げるためにも頑張れ。

ユーフェミアも、子爵家の曲者《くせもの》当主が帰って来たことは聞いていた。身分などはリヒトの方が上だが、肝心のエルローズに対する態度はリヒトの方が断然マイナスだ。ここで、リヒトの管轄内ともいえる王宮でセレスに何かあれば、さらにマイナスだけが増えていく。

「何をこそこそとしゃべっている？　セレスティーナ、どうする？」

我慢の限界がきたのか、ルークが少しいらついたように聞いてきた。

「王宮に行きます。殿下、王宮に行ったらその香水を分けて頂けませんか？」

「一応、これは母上から頂いた物だから母上に聞いてみるよ」

濁した感が満載だが、今は仕方がない。

「わかりました。せめて香水本体は、見せてもらえますね？」

「もちろんそれはいいよ」

最悪、香水を回収出来なかった場合は、匂いを一生懸命覚えて帰るしかない。その上で覚えた匂いから使われた物を推測して、解毒薬を作っていくしかない。幸い、というか何というか、セレスは一度この匂いに似た香水を作り出している。その辺りから攻めていけば、原材料も何とか分かるかも知れない。

「いい、王子サマ。セレスちゃんに何かあったら貴方、消されるからね」

冗談ではなく本当に。

まず『ウィンダリアの雪月花』に何かあればティターニア公爵家が許さない。

セレス自身がアヤトの可愛い弟子なので、当然薬師ギルドも敵に回す。本人は知らないが、当代の聖女は歴代の誰よりもティターニア公爵家に近い。

それに加えて目の前の王子サマの叔父様は、身内だろうが何だろうが敵に回れば容赦はしない。あの叔父様は、甥《おい》っ子《こ》以上に器用で何でも出来て他人に執着なんてしないはずの人間だったのに、セレスには激甘だ。彼のことをよく知っている人間から見れば、溺愛もいいところだ。

「何を馬鹿なことを。セレスティーナを傷つけたりしないし、僕はこれでも第二王子だからね。そう簡単には、消されないよ」

ユーフェミアの言葉にルークは自信満々に答えたが、ユーフェミアは複雑な顔をした。

「……知らないって怖いわ」

小さく呟《つぶや》いて、ため息を吐いた。

一番怖いのは貴方の身内なんですけど、なんて言葉は言えない。

「お嬢ちゃん、気を付けてね」

「はい」

王宮という場所柄、ジークフリードと出会う確率が全くないわけではないが、今のセレスは魅了の薬のことで頭がいっぱいになっているだろうから、出来ればジークフリードのことは知らないままでいてほしい。高位貴族であることは知っているようだが、さすがに現役国王陛下というのは知らないだろう。

ジークフリード本人もこんな形で知られるのは不本意だろうから、セレスの前に現れるとしたら可哀想《かわいそう》な後輩のヨシュアかリヒトだ。あの二人なら長年先輩たちの無茶ぶりに応えながら生きているので、セレスがちょっとくらい無茶な要求をしたところで可愛いものだろう。王宮内でもきっと役に立つ。

「セレスティーナ、そろそろ行くよ」

「……はい。ユーフェさん、後をお願いします」

「ええ、行ってらっしゃい」

ユーフェミアは、第二王子に連れられて歩いて行ったセレスに、心配そうな瞳を向けていた。

◆

セレスとルークを乗せた馬車が王宮の方へ向かって行くのを、ユーフェミアは黙って見ていた。

一緒にいた侯爵家の執事も静かに見ていたが、侯爵家の人間は誰一人として出て来なかった。この時間だとディーンはまだ学園に行っているので仕方がないが、屋敷にいるはずの侯爵夫妻と姉の姿は全く見えない。心配そうな顔をして見ていたのは、使用人たちだけだった。

「……こんな騒ぎになっていても、お嬢ちゃんのご両親は出て来ないのね」

「はい。お嬢様が関わると、いつもこのような感じになります。騒ぎが起きてもその中心にいるのがお嬢様ならば、その騒動ごとあの方たちには見えなくなるようなのです」

月の女神様は、よほどあの両親に関わってもらいたくないようだ。両親がセレスのことを娘として認めていないというよりは、月の女神がセレスの親として夫婦を認めていない感じがする。

必要なのは、ウィンダリア侯爵家の血のみ。いっそ清々《すがすが》しいくらいだ。

「女神様の思し召《おぼめ》しとなれば、私たちには何も出来ないわね」

「そうだね。あまり侯爵夫妻に関わる必要はないと思うよ」

今までどこにいたのか、いつの間にかユーフェミアの傍らにアヤトが出現していた。

「あら、アヤト。遅いわよ。おかげでお嬢ちゃんは、行ってしまったわ」

「ああ、見ていたからわかってるよ。セレスが嫌がったり、無理矢理連れて行こうとしたのなら止めるつもりだったんだけど、本人の意思だからね。それにセレスも言っていたが、薬師として魅了の薬は放っておけない。危険かも知れないが、本物を手に入れられるのなら手に入れたい」

どうやらアヤトは、隠れて様子を見ていたようだ。

ルークの護衛の中にはアヤトの素性を知っている者もいたであろうから、下手に会って余計な勘ぐりをされたくなかったのだろう。第二王子はセレスのことを知っているようだが、世間一般的にはまだ新しい月の聖女は、出現していないことになっている。

だが、王家の人間が執着し、ティターニア公爵家の人間が守るウィンダリア侯爵家の令嬢がいる。それだけでセレスのことがバレる。王宮内での安全確保の最終手段が身バレなので今更感はあるが、本人的にギリギリまで粘りたいようなので、出来る限りはその希望に添ってあげたい。

「リヒトに連絡は出しておいたから、下手なことにはならないよ。万が一の場合は、リドが出るだろうしね。それで身分とかがバレても、まぁそれは仕方がないってことで」

「……ねぇ、アヤト、セレスちゃんにリド様の身分がバレて、周囲の人間にセレスちゃんに対するリド様の執着心がバレた場合、貴族院の爺《じい》さまたちはどうするのかしら？」

「あの爺さんたちではどうにも出来ないよ。リドは貴族院が操れる王ではないし、月の女神の愛娘である『ウィンダリアの雪月花』に手出しは出来ない。爺さんたちは、古い家柄ゆえに月の女神の罰で受けた被害についてよく知っているはずだ。何せご先祖たちが加害者であり被害者でもある家もあるからね。それにティターニア公爵家とリドを同時に敵に回す、なんて愚行はしないよ」

その辺りは、変な信頼関係が出来上がっている。

たちの悪い爺さまたちは、通常スタイルが若者を煽《あお》っていくスタイルなので、軽いノリでちょっとした嫌みっぽいことは言われるかもしれないが、その程度なら別に何ともない。

ジークフリードがその気になったら、セレスがいかに可愛らしいかということを延々と語って、爺さまたちに砂を吐かせるという報復に出る。もちろん不文律がある以上、セレス自身には何の手出しも出来ない。

「すごい光景になりそうだけど……若者というか、いい歳《とし》した男の年下の女性に対する惚気《のろけ》を延々と聞かされるのは、さすがにご老体には苦痛よねぇ」

「しかも相手はあのリドだから。気絶する人間の一人や二人は、出るんじゃないかな？」

自分たちが出来ること、やるべきことを心得ている二人は、セレスが連れていかれても慌てることなく平然としていた。今この場で打てる手は全て打った。ここで騒いだところで何も変わらない。

それまで黙って見ていた執事が、二人の会話が途切れた時に口を開いた。

「アヤト様、ユーフェミア様、お嬢様のことはお任せしてもよろしいでしょうか？」

さすがに王宮内のことになると、うかつに手出しは出来ない。

「そうだね、こっちに任せてくれてかまわない。その代わりソニア嬢を見張っていて欲しい」

「ソニア様をですか？　そういえば、お嬢様はどうして屋敷にお戻りになったのですか？」

今更ながらだが、なぜセレスがこのタイミングで屋敷に戻ってきたのか。それもユーフェミアを連れて戻ってくるなんて、一体何があったというのか。

「お嬢ちゃんのお姉さんらしき方を追って来たのよ」

ユーフェミアが執事に先ほどの出来事を話すと、執事は驚いた顔をした。ずっとこの侯爵家に仕えている身だが、今までソニアのことは気が付かなかった。それだけ上手《うま》くソニアの中の人が隠れていたのか、それともソニアのことも『ウィンダリアの雪月花』に付随する出来事として意識に残らないように、何者かに秘匿されていたのか。

「左様でございましたか……ソニア様については、私の方で見張っておきます。もしその方が表に出てきた時には、接触を図ってみます」

「よろしくお願いします。お嬢ちゃん、気にしてましたから」

「はい、お任せ下さい」

執事とユーフェミアが会話をしている間に、アヤトは後から来たティターニア公爵家の者に指示を出していた。

最悪、ウィンダリア侯爵家に乗り込む事態になる可能性もあったので、ティターニア公爵家の方に連絡をして荒事が出来そうな人間を寄こしてもらっていたのだ。

「ユーフェ、とりあえず一度、屋敷に帰ろう」

「待ってアヤト。公爵家の人を一人、貸してもらえない？　手紙を持って行ってもらいたいの」

「手紙？」

「そう。少し知り合いの方で高位貴族の方がいるから、その方にセレスちゃんのことをお願いしておきたいの」

その言葉にアヤトの眉がぴくりと動いて、あからさまに不機嫌そうなオーラを出した。

「そいつは、ユーフェの何？」

「……十年前から手を貸してくださっている方なの」

少し気まずそうになってしまったのは、十年前アヤトではなくその人を頼ったせいだろうか。

アヤトはアヤトで十年前のことを言われると、少しイラッとする。

分かってはいるのだ。あの時はお互い意地を張って何も言わなくて、信頼なんてほど遠かった。

後悔しかない。

「王宮内でも比較的自由に動ける方だから、セレスちゃんのことをお願いするには最適だと思うの。誰が相手でも切り抜けられる方だし」

その相手に対するユーフェミアの信頼も、何か嫌だ。

思いっきり心の狭いことを考えたが、下手なことをしてまたユーフェミアの信頼を失うのも嫌だ。

「普通の手紙ならお店の子に持って行ってもらうところだけれど、今回は緊急事態だしすぐに手紙を見てもらいたいの。ティターニア公爵家からの手紙なら、最優先事項だわ」

その通りなので、アヤトは仕方なく了承した。

「で、相手は誰？」

「……怒らないでね。オースティ様なの」

「……まさかの人間が出てきたんだけど……あぁそうか、十年前、私を王宮に缶詰にしたのもあの人か。こっちの行動を制限したな」

十年前、全部放り出してユーフェミアを捜しに行こうとした自分を仕事漬けにした相手の一人だ。

もちろん色々と手伝ってくれていたし、彼自身の思惑もあったのだろうが、その理由の一つがまさかのユーフェミアの雲隠れのためだとは思わなかった。

「どうやって知り合ったのかは後でじっくり聞くけど、取りあえず手紙を持っていかせるよ」

「ありがとう」

にっこり笑ったユーフェミアに、これも惚《ほ》れた弱みか、とアヤトはため息をついた。

第六章　次女、王城へ行く

馬車の中でルークとセレスは特にしゃべることもなく、無言で向かい合って座っていた。

セレスはずっと窓の外を眺めていて、ルークはそんなセレスを見ていた。

彼女の髪は今まで見慣れた黒色ではなく、本来の銀色に戻っている。

思い切って聞いてしまいたくなる。その髪は誰のために元の色に戻したのか、と。

銀色の髪と深い青の瞳を持つ月の聖女、『ウィンダリアの雪月花《せつげつか》』。

おとぎ話のような存在のはずの少女が、ルークの目の前に座っている。

昔、月の聖女について習った時、そんなに執着するものか、もし出会ったとしても自分は絶対に執着心は持たない、そんな風に思っていた。

セレスと出会った時もどちらかというと好奇心の方が強くて、自分が知らない知識を豊富に持っていたセレスに、純粋に興味をもち近づいただけのはずだった。

こんな風な想《おも》いを抱いたのは、いつからだろう。

幼い頃に出会った少女が徐々に大人っぽくなっていくにつれ、誰にも渡したくないという思いが強くなり、誰かに盗《と》られるのが嫌になっていった。

貴族の令嬢たちが群れで目の前に来るのに、セレスだけはけっして群れることなく遠くで一人立っていた。

その姿は孤独というわけではなく、見惚《みと》れるくらい凛《りん》としていた。自分から傍《そば》に寄りたいと思ったのは、セレスだけだ。

「セレス」

「はい、何でしょうか？」

その名を呼べば、しっかりとこちらに顔を向けて応えてくれる。その顔に王子だからと特別視するような表情はない。時々こうして、自分はセレスにとって、その他大勢の内の一人なのだと思い知らされる。

よく考えたら彼女の特別が誰なのかも知らないし、親しくしている友人も知らない。知っているのは幼い頃から王太后に可愛《かわい》がられていて、両親から忘れられているということだけだった。彼女が月の聖女であることさえも、知ったのはつい最近のことだ。

「セレス、君はいつから自分が月の聖女であることを知っていたんだ？」

「……年齢はあまりはっきりとは覚えていませんが、幼い頃から侍女たちに聞いていました。実感とかそういうのはあまりなかったのですが、彼女たちが必死で守ろうとしてくれていたので、そういう存在なのだと認識はしていました」

「歴代の聖女たちは特殊な能力を持っている者が多いとのことなのだが、君は何の能力を持っているんだ？」

「秘密です」

直球で聞いてきたルークに、セレスは迷うことなく「秘密」と答えた。

ただ、「秘密」というよりは、セレスの持つ能力を理解してもらえるかどうかが分からない。

セレスの持つ能力は、歴代のように「予言」だの「遠見」だのという、ある意味分かりやすい能力ではない。

何と言ってもセレスの異能は「異世界の知識」だ。

セレスの中で異世界の知識とこの世界の知識が混ざりあい、時々どこまでがこの世界の知識で、どこからが異世界の知識なのか、自分でも分からなくなるくらいだ。

自分でさえ分からなくなるのに、ルークにこの世界と全く違う文明を持つ異世界があり、その知識こそがセレスの異能なのだと説明しても、分かってもらえるとは思えない。

たとえば、この世界の人々が信仰する神々が住む神界があるといえば、神とはいえその容姿や性格などが語り継がれている身近な存在なので、理解はしてもらえると思う。

けれど、別の世界にそれぞれ住んでいる神々や人間がいて、そこには見たことのないような文明が栄えている、というのは戸惑うだけだと思う。ましてやその証拠ともいうべきモノが、目で見えない「知識」というモノだけで、それもセレスの頭の中にあるだけだ。さすがのセレスも、それで理解してほしいとは言えない。

……でもジークさんなら、理解してくれそうな気がする。

ジークフリードなら「そうか」と言って納得してくれそうだ。その上でセレスを質問攻めにして、思う存分「異世界の知識」を堪能しそうだ。

何だかすごく良い笑顔が思い浮かぶんだけど、なんでだろう？

セレスの頭の中で、今まで見たことのないような最高の笑顔のジークフリードが、それはもう満足したような顔をしている。そしてその傍らで、何故《なぜ》か泣き出しそうなヨシュアが思い浮かんだ。

ヨシュアさん、ジークさんに無茶でも言われたのかなぁ。

恐らくセレスから聞いた異世界の知識の中で、こちらでも再現可能な何かを作るように言われたのだろう。「無理ッス！」という泣き声まで聞こえてきそうだ。

セレスはルークから再び目を離して外を眺めつつ、無表情でそんなことをつらつらと考えていた。

◆

駆け込んできたヨシュアに冷たい眼差《まなざ》しを送りつつ、事情を聞いたジークフリードは「仕方ないか」と呟《つぶや》いた。

「先輩？」

「さすがに俺は今、動けない。アヤトが何とかするだろう。お前は今まで通りセレスの護衛をしていろ。それから何名かユーフェミアとパメラの護衛に付かせろ。あの二人、こっちが思っている以上に、十年前のことを色々と知っていそうだしな」

本当に十年前から女性陣に引っかき回されてばかりだ。これから先も引っかき回されそうな気はするが、それも仕方ないと諦めた。

「先輩、俺、アヤト先輩からパメラと話をして来いって言われたんスけど、どうすればいいッスか？」

本当にどうして良いのか分からないので、ここは一つ、数々の修羅場をご経験なさっているジークフリードに思い切って相談してみた。

ジークフリードの数々の武勇伝は、すでに伝説として後輩たちに語り継がれている。

顔良し、家柄良し、性格（表向き）良し、優しくて格好良いと評判だったジークフリードには、多くの女性陣が虜《とりこ》となって突撃してきていた。ほとんどの女性たちは、ジークフリードがにっこり笑って「すまない」というだけで引き下がってくれたのだが、一部の過激なお嬢さん方は強引にでもジークフリードと関係を結ぼうと画策していたものだ。

最終手段で騎士団に逃げ込んでいたらしいが、様々な女性をかわす姿は中々見応えがあった。ある意味、女性経験は豊富な先輩だ。

「正面突破しろ」

経験豊富な先輩は、軽くそうおっしゃった。

自分は外側からばっちり固めにいっているのに、可愛い後輩には何のアドバイスにもならない言葉をくれた。

「それが出来れば、相談してないッス」

「遠回しにいったところで何になる？　ぐじぐじ悩んでリヒトみたいになりたくなければ、難しく考えずにいってこい」

先輩、「いってこい」がちょっとだけ「逝ってこい」に聞こえます。

そして先輩二人が同じように表現する逆見本が身近にいるので、ここは腹を括《くく》るしかなさそうだ。

「がんばりまーす」

覇気のない声でそう言って部屋を出て行こうとしたら、ノック音と同時に扉が開いて、噂《うわさ》の主がやってきた。それも珍しくちょっと慌て気味だ。

「リヒト？」

「大変です。今、兄上から連絡がきて、セレスティーナがルーク殿下の馬車に乗って、ここに向かっているそうです」

「え、えー！　何でそうなるの？　だってお嬢ちゃんは、ウィンダリア侯爵家に行ったじゃん！」

「どうやらそこでルーク殿下と会ったようです。ルーク殿下の身に纏《まと》っていた香水が例の魅了の薬の香水だったらしく、残りが殿下の部屋にあるとのことです。セレスティーナは、それが欲しくて王城に来るそうです」

セレスが王城に来るのも驚きだが、ルークが魅了の香水を持っていることにさらに驚いた。いつの間に、そんな薬に手を出したのか。ルーク自身は、それが何か知っているのか。

「兄上からの知らせによれば、王妃様が絡んでいるようです」

十年前、自分の夫が死ぬきっかけになった薬をなぜ王妃が持っているのか意味が分からず、ジークフリードはふぅっと息を吐いた。

「王妃を秘密裏に探らせろ。それとルークの部屋の香水は……セレスが回収出来なければこちらで回収しろ。ここに来るというのならば仕方ない。ヨシュア、隠れて護衛してろ。さすがに国王の関係者だとバレるのはだめだ。セレスがこれから先、妙な遠慮をし始めたら護衛が出来ないからな」

「了解ッス。でもどうするんッスか？」

ヨシュアは『王家の影』だが、一応、表向きの身分として宰相補佐室の使いっ走り末端騎士となっている。

セレスはヨシュアのことを多少は怪しんでいるかもしれないが、師匠であるアヤトとジークフリードの後輩ということで、あの二人に何か言われてるんだろうな、くらいにしか思っていない。さすがに国王の関係者だと知られたら、セレスが「いつも護衛してもらうわけにはいかない」とか言い出しそうだ。

ヨシュア的にはセレスを守らないと王様がヤバい、という思いがあるので堂々と守られてほしい。なのに肝心のセレスが変な遠慮をしそうだ。それもこれも全て目の前のジークフリードが、その身分を明かしていないことが原因な気がする。

だがそうなると、この王城でセレスを表だって守るのは誰になるのか。

「私がティターニア公爵として接触しますか？　陛下がウィンダリア侯爵家の娘を気にかける様子を見られるよりは、マシかと思いますが」

不特定多数の貴族たちに、ジークフリードがウィンダリア侯爵家の娘を気にかける様子を少しでも見られたら、セレスが『ウィンダリアの雪月花』であることなどすぐにバレる。

彼女が薬学科を選択していたのは有名な話なので、まだリヒトの方が〝薬のティターニア〟として薬師であり月の聖女が生まれる血筋を持つセレスを保護した方が、怪しまれずにすむ。気が付く人間は気が付くかもしれないが、黙っているならばそれでいいし、騒ぐのならば黙らせるだけだ。

「多少は危険ですが、薬師である彼女にティターニア公爵が接触する方が問題はないかと」

「ダメだよー。彼女に接触するのは、僕の役目だからね」

リヒトの言葉を遮るように、いつの間にか扉を開けて佇《たたず》んでいた男性がにこやかにそう言った。

その男性を見た瞬間、ヨシュアはゲッ！　という顔をして、ジークフリードは額に片手をやり、リヒトは少しだけ嫌そうな顔をした。

「僕のところにも知り合いの女性から連絡が来てねー。可愛い妹分を守ってほしいって。僕としてもセレスティーナ嬢は縁ある女性だから、喜んで引き受けたよ。いやー、たまたま今日はここに来ていて良かったよ。こんな面白いことには、参加しなくちゃ」

男性は一方的に言うだけ言うと、そのまま機嫌良さそうに扉を閉めて去って行った。

「……知り合いの女性って、どう考えてもユーフェミア嬢のことッスよね。どういう関係なんスかね」

「さぁな。ヨシュア、お前さっさとパメラから色々と聞き出してこい。あの二人、変な繋《つな》がりまで持ってるぞ」

「……うぃーッス……」

不本意だが、先輩の案である「正面突破」しか手段はなさそうだった。

◆

セレスとルークを乗せた馬車が王城の裏門を通って、王族の住まいである後宮に入ったとの連絡がジークフリードのもとへ来たのは、上機嫌な男性がいなくなってしばらく経《た》ってからだった。

「ヨシュア、行ってこい。王妃とルークの様子を監視していろ。セレスが害されることはないと思うが、万が一の場合は姿を現してもかまわない」

「了解ッス。先輩、オースティ様はどうするッスか？」

何かがあっても止められる気がしないが、先輩の命令なら死ぬ気で頑張る。そうしないと先輩まで暴走しそうでもっと怖い。

「放置でいい。お前じゃ無理だ」

先輩は、ちゃんと後輩の力量を分かっていらっしゃった。

「こういう時は、アヤトを引きずり込んでおくべきだったと思ってしまうな。薬師ギルドの長と王国の宰相では、さすがに出来ることが違い過ぎる」

薬師ギルドの長だからこそ出来ることもあるが、王国の宰相ともなればその権力は桁違いだ。先ほどの男性、オースティの暴走も抑えられるだろう。リヒトは、違う意味でオースティ相手では分が悪すぎる。

「オースティだってセレスに何かする気はないだろう。したら思いっきり泣かれるからな」

「あーそうッスねぇ」

セレスに何かした場合、オースティの大切な女性が泣く。彼女に「大っ嫌い」とか言われた日にはオースティが再起不能になる。ある意味、オースティはセレスにとっては最も安全な男性と言える。

「つーか、お嬢ちゃんの周りって、どうしてこうも一筋縄でいかないヒトばっかり集まってくるんスかね？」

「全くだな」

あたかも自分は一般人的な感じで首を傾《かし》げたヨシュアに、ジークフリードは内心で「お前もだろう」と思っていた。

◆

王宮の正面からではなく裏側に回って止まった馬車から先に出たルークは、手を差し伸べてセレスをエスコートしようとしたが、セレスは首を横に振ってそれを拒んだ。

「殿下、私は別にドレスを着ているわけでもありませんので、エスコートは大丈夫ですよ。よく考えたら、このような私服姿で王宮内に入るのは、問題ありませんか？　もし問題があるようでしたら、メイド服でもお貸しください」

セレスは、普段着のままで王宮まで来てしまった。それも一般庶民の服装だ。セレスは知らないが、実は生地などは作ってくれたエルローズがこっそり上等の生地を使用してくれているのだが、デザインはあくまでも一般庶民のそれだ。

通常、王宮に入る人間はそれなりの格好をするのが当り前だ。

貴族の女性ならドレス。貴族の男性は略式でも良いがあくまで正装。働いている人間は、その仕事に合わせた制服や服装。商人や出入りの業者もそれなりの格好をするのが当然の中で、セレスの姿はそこら辺の町中を歩いている一般人の姿だ。

「大丈夫だ。セレスは僕の友人として招いている。表に出るわけでもないし、住まいである後宮内は母上の許可が出ているから、そんなにうるさくは言われない」

この国の後宮は、正妃や側妃など王の妃《きさき》が住まう女性陣の権力争いの場所ではなく、王族の私室という意味合いの方が大きい。基本一夫一婦制のこの国では、国王といえどもそう簡単に側妃は持てない。跡継ぎなどの関係で、歴代の王のほんの一握りにだけ側妃がいたが、それもここ何代かはいない。

唯一の例外が『ウィンダリアの雪月花』である。

当時の聖女を手に入れた王は、王妃や子供たちを違う場所に追い出してまで後宮内で月の聖女を囲った。

彼女だけが、自分の唯一だと行動で宣言した。

後宮内で聖女たちがどう生きていたのかを記した資料はほとんどなくて、唯一、王の後宮から逃れたのがティターニア公爵家が助けた出した聖女だけだった。その彼女にしても、後宮内での生活について語ることはなかった。

そして今、この後宮に住んでいるのは母と自分と兄だけだ。

王は自らの執務室の横にある部屋を私室として利用していて、後宮には用事がない限り来ない。兄も住んではいるが、王太子としての仕事が忙しいらしく、最近は後宮で見かけることがあまりない。兄も執務室の隣の部屋で寝起きしていることが多いと聞いている。

そのため、現在この後宮内は王妃が取り仕切っている。母にはあらかじめセレスのことは伝えてあるので、どのような姿でも良いから連れてくる許可は得ていた。

「それに、セレスにメイド服は貸せない。着替えるのならドレスが用意してあるから、それに着替えてくれ」

セレスがいつここに来ても良いように、ドレスなどはある程度は揃《そろ》えてある。

出来ればこのまま後宮に留《とど》まってほしい。ウィンダリア侯爵家や王族の庇護《ひご》下にない聖女は、いつどこで誰に狙われてもおかしくない。ましてセレスは、貴族籍からも抜けているのだ。

「でしたら、用事を済ませたらすぐにお暇《いとま》いたします。私は、殿下の私室にあるというその香水が欲しいだけです。この姿でも問題がないようでしたら、このままでいさせてください」

この場所でドレスに着替えたら、いざという時にとても動きにくい。最悪王宮内を逃げ回らなければならないことも覚悟しているので、出来ればこのままの姿でいたい。ダメならどこにでもいるメイドさんと同じ服を着て、紛れ込みたい。間違っても第二王子に拘束されるわけにはいかない。

こういう時は月の聖女といえど、攻撃系の能力がないことが恨めしい。

「セレスティーナ、僕は君を守りたいんだ。出来ればこのまま後宮に留まってほしい。ここなら僕が絶対に守るから」

言われたら誰もが喜ぶだろうセリフを、外見がおとぎ話に出てくる王子様そのものの人が言ったのだが、セレスには全く響かなかった。

このまま後宮に留まるということは、ルークに守られるかもしれないが、自由がなくなる。

セレスの保護者たちは、セレスの行動に制限をかけることはない。

もちろん危険なことをやれば怒られるし、おかしな行動をすれば止められる。でもそれはセレスの行動を制限するものではなく、心配してくれているからだ。

ルークは違う。本当の意味でセレスの自由を奪い、行動を制限するだろう。誰かに会うのにもルークの許可がいる生活など、窮屈でしかない。

「殿下、私は後宮には留まりません。貴方《あなた》がどうして私を守りたいとおっしゃってくださっているのか分かりませんが、私は薬師です。後宮で殿下の帰りをただ待つだけの存在にはなれません」

ルークの妻にも、彼の帰りをただ待つだけの存在にもなれない。彼のお人形になる気は一切ない。

「セレスティーナ……違う、君を束縛したいわけじゃないんだ。ただ傍にいてほしいだけなんだ」

「……殿下、そこに私の心は必要ないのですか？」

「違う！　君の心も必要なんだ」

セレスが心ごと寄り添ってくれるのなら、それが一番良い。

昔、祖母の離宮の図書室で何も言わなくても傍にいて、二人で本を読んでいたあの頃のように。

二人だけで完結されていたあの空気が懐かしい。

「昔みたいに傍にいてくれないか？　セレスが望むのなら、新しい本もたくさん手に入れるから」

懇願するようなルークの言葉に、セレスは小さく息を吐いた。

ルークが望むのは、過去のセレスだ。

幼い頃、まだあまり外の世界を知らず、ただただ知識だけを詰め込んでいたあの頃。

離宮で二人だけの子供は、自然と一緒にいる時間が多かった。でもセレスは外の世界をもう知っている。あの頃のようにはなれない。

「無理です、殿下。殿下。私はあの頃に戻ることは出来ません。私はやりたいことがたくさん出来ましたから。殿下、どうか殿下も前に進んでください。思い出だけに囚《とら》われないでください」

セレスの言葉に、ルークは少しだけ顔を下げた。

セレスの言う通り、自分は幼い頃の思い出に囚われているのかもしれない。でも、今のセレスを大切に思い、守りたいと思っていることも事実なのだ。そしてそれは、自分の手で成し遂げたい。

セレスが他の誰かの傍で守られている姿を想像すると、昏《くら》い想いだけが心の内に広がってくる。

「……セレスティーナ、君の心が僕に向いてくれればいいんだ……」

人の心は移ろいやすいもの。今はセレスの心がこちらに向いていなくても、いつかは手に入れたい。その為《ため》ならば、どんな手段を用いても後悔はしない。

母からもらったあの香水を思い出す。

あの香水は、匂いが濃ければ濃いほど願いが叶《かな》いやすいのだと言っていた。ちょうど良いことにセレスが欲している香水でもあるので、部屋に行ったらすぐに香水を見せて、その原液をセレスにかけよう。原液をかけられて濃い匂いに包まれたのなら、セレスもきっと自分の言うことを聞いてくれる。あれにはそれだけの力があると、母から教えられた。

「とにかく僕の部屋に行こう。そこでもう少しちゃんと話をしたい」

ルークの瞳には、昏い想いが宿っていたが、そんなルークに全く気が付くこともなく、セレスは辺りを見回した。

裏とはいえさすがに王城だけあって、どこもかしこも手入れが行き届いている。もちろん守備の衛兵たちや働いている人間もいるので、この場でも全くルークと二人きりということはない。

「セレス、こっちだ」

ルークに言われるがまま王城内を歩いて行くが、途中ですれ違うメイドなどは何も言わずに頭を下げているだけだった。

あからさまに庶民の服装をした人間でも第二王子が連れ歩いているのならば、誰も何も言わないようだ。

「こちら側は王族の私室だから、余計なことを言う者はいない。ただし、表の方はさすがにその姿だと不審がられるから、いざとなれば僕の名前を出せばいい」

後宮というとどうしても異世界の知識が邪魔をして、女性同士の権力争いの場だとか、魑魅《ちみ》魍魎《もうりょう》の住む場所とか変な風に勘違いしてしまうが、この国ではただの王族のプライベートルームだ。

とはいえ、飾られている物は絵画一枚、壺《つぼ》一個に至るまでとてもお高そうだ。ジークフリードと泊まった温泉宿もなかなかだったが、こっちの方が数倍怖い。あまり近づかないように気をつけよう。賠償とか言われても絶対に無理だ。

「……生まれながらにこういうのに囲まれていると、見る目ってすごい養われそう……」

鑑定眼を養うには本物を見てなんぼ、と聞いたことがあるが、生まれながらにこういった物に囲まれていたのなら、偽物などすぐに分かりそうだ。

「変なとこに感心するね。まぁ、確かに王族として偽物を摑《つか》まされるわけにはいかないからね。そういった意味でも、本物を見て触れることは大切なことだよ」

「そうですね」

その辺りは薬草でも同じだ。

葉っぱや花の形をしっかり見て触れて覚えておかなければ、本物の区別がつかない。

何せ自然界には、良く似た草花が存在することが多い。花に線があるかどうか、とか、葉っぱのギザギザが上向きか下向きかの違いしかない薬草などもある。そういった薬草は効能も全然違うし、片方は薬草だか片方は毒草なんてこともある。数多《あまた》ある薬草をどう調合するかが薬師の腕の見せ所なので、肝心の薬草を間違えるわけにはいかない。

「セレス、母上からいただいた香水が本当に他人を操れる香水だとしたら、君はどうする？」

「原材料と配合を徹底的に調べます。それから治療薬を作ります。殿下だって分かっていらっしゃるでしょう？　その薬に操られている以上、その方の行動や言動が本心とは限りません。それに
……」

セレスは少し言いよどんだが、意を決したのかルークの方を見た。

「操られている時の人格なんて、その方の本来のものではないでしょう」

「……そうだな」

その通りだが、セレスは知らないのだろう。

たとえ人形のようになったとしても、欲しいという想いを。他の誰かの横で笑っているのを見るくらいなら、人格がおかしくなっても傍に置いておきたい。そういう風な想いも。

今なら『ウィンダリアの雪月花』に執着したご先祖の想いが理解できる。

欲しいのはたった一人だけなのに、その一人が全くこっちを向いてくれないのなら、壊してでも捕まえたい。壊れていくのならこの手で壊したい。

「だがな、セレス。たとえ操られていても、一生その人が自分の傍で微笑《ほほえ》んでいてくれるのならそれでもいい、という想いがあることも、覚えておくといい」

思わず苦笑しながら忠告をしてしまった。

妙なものだな、と思う。操ってでもセレスを手に入れたい思いと逃がしたい思い、その両方が心の中にある。心の中の大部分を昏い想いが占めているのに、ほんの少しだけそれではダメだという思いも存在している。

「そう、ですね。分かりました。そういう方もいるのだと理解しておきます」

「ああ」

忠告はした。それでも香水を手に入れるために一緒に来ているのは、セレスの意思だ。香水を嗅がせたらもう二度とこういう会話は出来ないだろうが、それで従順な彼女を手に入れることが出来るのならばそれでいい。

「さて、ここが僕の部屋だよ」

後宮内では比較的表に近い場所に、ルークの私室はあった。母である王妃の私室はもう少し奥にあるが、学生のルークは何かと出入りするので、表に近い場所に部屋はあった。

「……ここでお待ちしていますので、持って来ていただけませんか？」

今更ながらだが、ルークの私室に一人で行くという事実に危機感を抱いた。

今までは、ただただ魅了の香水がほしいという思いだけで来てしまったが、よく考えたらいくら王宮内とはいえ、一人で男性の部屋に行くことはまずいことじゃないだろうか。

「もし本当にそれが他人を操ることの出来る香水だとしたら、ここで匂いを充満させるのかな？」

ルークの言う通り、匂いを確かめるためにここで香水の蓋を開けたら、廊下に匂いが拡散してしまう。その香水がどれだけの濃さがあるか分からない以上、他人を巻き込むような危険は避けたい。

「……分かりました。では、部屋の中で」

「あら、お帰りなさい、ルーク。そちらのお嬢さんはどなたかしら？」

セレスが意を決してルークの部屋の中に入ろうとした時、すごく優しそうな声がかけられた。

「母上……」

「うふふ、お邪魔だったかしら？」

そこにいたのはルークの母である王妃ユリアナだった。

とても年頃の子供二人を持つ母親とは思えないくらい、若々しい感じを受ける。表情も豊かで、今はにこやかに微笑んでいる。

「ルーク、紹介してちょうだい」

「はい。彼女がセレスティーナ・ウィンダリア。ウィンダリア侯爵家の次女です」

「そう、その子がそうなのね。わたくしは、ルークの母でユリアナというの。よろしくね」

出来ればスルーしたかったが、王妃にそう声をかけられたのならば返さないわけにはいかないので、セレスは綺麗《きれい》なカーテシーを披露した。

「お初にお目にかかります、王妃様。セレスティーナと申します」

「まぁ、綺麗なカーテシーね。ルークってば気が利かないわね。貴女《あなた》に綺麗なドレスの一枚も用意していないなんて」

「いいえ、王妃様。殿下はご用意くださいましたが、今の私は貴族籍を離れた身。本来ならばこのような場所に来ることも出来ない身です。それにすぐにお暇《いとま》させていただく予定でしたので、申し訳ありませんがお断りさせていただきました」

言葉遣いって、こんな感じであってたっけ？　多少おかしいのは、庶民ということで許して欲しい。

王族は、祖母のような王太后と目の前の学友であった第二王子しか接したことがない（と本人は思っている）ので、堅苦しい言葉使いは慣れない。

「あらあら、そうなの。ルークのドレスは断ったようだけれど、わたくしのお茶に付き合ってくださらないかしら？」

「母上？」

突然の王妃のお茶の誘いに、ルークは驚いて咎《とが》めるような声を出した。

「息子の想い人とお話ししてみたいのよ。それに必要ならわたくしが彼女を擁護して、貴族籍も元に戻させるわ」

それは確かに母が動いた方が早い。セレスが貴族に戻るのならば、ウィンダリア侯爵に諮《はか》って婚約者にすることも出来る。

「セレス、すまないが母上に付き合ってやってくれ。香水は、その後に渡す」

王妃直々にお茶に誘われ、第二王子にまでそう言われてはさすがに断れない。それに香水はお茶の後にくれるというし、セレスは仕方なく、「わかりました」と返事をした。

「そのままの姿でよくてよ。今日は天気も良いし庭でお茶をしましょう。あちらに王族か四大公爵家の人間しか入れない庭園があるの。そこにしましょう」

少女のような笑顔で王妃が言うと、お付きの侍女たちの一部が素早く動いて、どこかへ庭園でのお茶会の用意をしに行ったようだった。

さすがに王宮の侍女たちは動きが敏速で、ウィンダリア侯爵家の侍女たちとは雰囲気が全く違う。セレスにとって、侯爵家の侍女たちには家族的な印象があったので、ここまでプロフェッショナルな感じは格好良くて尊敬してしまう。

「こっちよ。ついて来てちょうだい」

魅了の香水を取りに来たはずなのに、なぜか少女のような雰囲気を持つ王妃とお茶をすることになってしまった。

……どうしていいのか良く分からないが、こうなったらもう成り行きに任せるしかなさそうだと、セレスは内心でため息をついた。

◆

案内された庭は、確かに美しい場所だった。

庭師たちによって整えらたその場所は、ぱっと見はごく普通だが、薬師として見ればあちらこちらに薬草が植えてあるという、王宮の庭園としては不可思議な庭だった。大きな木も、その葉が痛み止めに使われるものだったりするので、この庭だけで薬が出来そうだ。さすがにガーデンほど珍しい薬草はないが、何となく一通りは揃っている。薬草と観賞用の美しい花が妙にマッチしている庭園だ。

その庭園に設置されたガゼボの中にお茶のセットが用意されて、セレスは王妃と向かい合って座った。ルークはセレスの隣だ。

「ここはね、歴代の後宮の住人たちが、思い思いの草花を植えた場所なの。誰がどの草花を植えたのかは知らないけれど、歴代の王たちは、一度植えられた物を大切にしてきたのよ」

途切れさせることのないように、枯れても同じ場所に同じ植物が植えられた。

なぜか？　決まっている。彼らの大切な聖女たちが植えた草花だからだ。聖女に出会わなかった王たちでさえ、大切にしてきた。この庭を見た王妃たちの心は、穏やかではいられなかったことだろう。

「この庭を見ると嫉妬してしまうわ。それほどまでに王たちに愛された聖女たち……どうして彼女たちなのだろう、と。貴女はどう思う？」

同じ『ウィンダリアの雪月花』だが、当事者たちでないので何とも言えない。ただ、ルークに執着された身としては、何となくだが違うのだ。自分の望みとルークの望みは交わらない。同じように、きっと王と聖女の望みは、一致しなかったのだろう。

「……王族の方々と聖女の間には、私たちには分からない絆《きずな》があるのかも知れません。その絆ゆえに苦しむのでしょうか……」

初代の王と聖女には、伝えられた物語ではない何かがあったのかもしれない。セレスは『ウィンダリアの雪月花』だが、異世界の知識以外何も持たない。王族との間に何かを感じるかと言われれば、それもない。

何となくだが、自分が今までの聖女たちとは違うのかな、と感じてはいた。

「そう。貴女たちは、そうやって無自覚に連れて行ってしまうのよね」

王妃の言葉にあれ？　と思って彼女を見ると、王妃はどこか遠くを見ていた。まるで何度も見てきた状況を思い出しているかのようだ。

「王妃様？　王妃様は、何をご存じなのですか？」

魅了の香水を息子に渡したり、聖女たちのことを知っているかの様子に、セレスは王妃が何者なのか疑問を持った。

「何も知らないわ。それを信じるかどうかは、貴女次第だけど」

うふふ、と笑顔の王妃は誰がどう見ても絶対に何かを知っている。セレスがルークの方を見ると、ルークも困惑しているようだった。

「母上、一体どうしたのですか？」

「……何なのかしらね。わたくしは、ただ好きな方の傍にいたかっただけでしたのに……。ねぇ、セレスティーナ、せっかく好きな方と結婚しても振り向いてもらえないのは、つらいのよ。まして、旦那様が違う女性を好きになるのを見るのはね」

「そうですね」

そこは共感出来る。

絶対に恋愛感情がいるとは言わないが、政略結婚でも夫婦となった以上、お互いに歩み寄りは必要だと思う。

好き勝手して全く見もしないのは、さすがにどうかと思う。

「でも貴女たちは、その全てを超えて奪っていくの」

月の聖女と王族が出会った時、その王族は妻や子供たちを放置しても彼女たちに夢中になった。彼女たちしか見えなくなった。聖女と王族の出会いは、おとぎ話のように綺麗な表面だけではないのだ。

「奪う……王妃様から見て聖女とは、悪女のような存在でしょうか？」

「王妃という立場からすれば、夫である王をたぶらかす存在よ。でも国にとっては、何よりも大切にしなければいけない女神様の愛娘《まなむすめ》。国を思えば、貴女たちを優先するのは当り前なの」

女神の愛娘を蔑《ないがし》ろにすれば、国全体で罰を受ける。かといって妻として、夫を奪っていく聖女は、憎むべき存在。歴代の王妃の中には、国のことなどどうでも良くて、ただ聖女を憎んで傷つけようとした者たちもいた。世間一般から見れば、どちらが悪女なのか分からない。置き去りにされてきた王妃たちは、どうすれば良かったのだろう。

「おやおや、何やら深刻そうな話をしていらっしゃいますね」

にこにこしながらガゼボに来たのは、見たことのない男性だった。

だが身に纏っている服はいかにも上等な物だし、なにより彼の真紅の髪と瞳はとても見覚えがあって、セレスを妹のように可愛がってくれている女性によく似ていた。

「オルドラン公爵。なぜここに？」

「もちろん、僕の可愛い義娘を迎えに来たのですよ」

にこやかに笑うオルドラン公爵は、セレスを見てそう言った。

初めて会った男性に義娘と言われたセレスの方は、意味が分からなかった。誰かの養女に入った覚えはない。それに王宮に来る前は、ユーフェミアに未来の義娘と言われたばかりだ。

知らないうちに義理の父母がどんどん増えていっている気がする。

「ルーク殿下、貴方が彼女の養子先を探している時に言いましたよね。うちで引き取りますって。なので彼女は僕の義娘ですよ」

言われてルークは思い出した。確かにセレスを引き取ってくれる家を探している時に、彼が真っ先に手を挙げてくれたのだ。オルドラン公爵家は四大公爵家の一つなので、当然ウィンダリア侯爵家より格上。家族から忘れられていたセレスを引き取ってもらい、そこから王子妃へと、そう思っていた。

「そういうわけで王妃様、ルーク殿下、セレスティーナは連れていきますよ。何せ僕たちは家族になったばかりなので、お互いよく知り合わないと」

ルークの隣に座っていたセレスを当り前のように立ち上がらせ、オルドラン公爵は優雅にセレスをエスコートしてその場を立ち去ろうとした。

「あら？　行ってしまうの？　でも、魅了の香水はいいのかしら？」

セレスがここに来た一番の理由は、それの回収だ。あ、と思ったが、オルドラン公爵が王妃に対して笑顔で返答をした。

「今頃、陛下の手の者が回収していますので、問題ありませんよ。それと、王妃様、確かに一部の方々は『ウィンダリアの雪月花』を憎んでいらっしゃったようですが、そうでない方もいらっしゃいましたよ。一部の方だけの話を彼女にして、それが全てだと思わせるのはいかがなものかと。あと、ご自分のことは、ご自分で決断なされると良いでしょう」

「……オルドラン公爵！」

ゆったりとした雰囲気で接していた王妃が、オルドラン公爵の言葉を咎めるように強い口調になった。

「陛下と貴女は、本当のご夫婦ではない。最近は王宮内でもそのことを忘れている者、知らない者が多くなっているようですが、陛下はあくまでも独り身です。陛下がどのようなご決断をされても、貴女には関係のないことだ」

オルドラン公爵の言葉に、ルークとセレスが同時に「え？」という言葉を発した。

「おや？　ルーク殿下もご存じないのですか？　ああ、貴方は昔から陛下に懐いておられましたから、誰が父親なのか分かっていらっしゃらなかったのですね」

哀れむような目でルークを見たあと、オルドラン公爵はセレスの手を引いてガゼボから出て行ってしまった。

残されたルークは、オルドラン公爵に言われた意味が分からなかったが。

「母上、どういうことですか？　父上が本当の父ではない？　母上と父上が夫婦ではないとは、どういうことですか？」

咎めるような強い口調になったが、今まで当然だと思っていたことが違っていて、しかもそれを王宮内の多くの人間が知っているとはどういうことなのか。ひょっとして自分は、王家の血さえ引いていないのかもしれないと思うと怖くなった。

「ルーク、貴方は小さかったから覚えていなかったのね。それに赤子の頃から、どちらかというと陛下に懐いていたものね。貴方の実の父親は、陛下の兄君なの。若くして亡くなられた先の王太子殿下よ」

ということは王家の血は引いていて、父だと信じていた国王は叔父ということになる。だが、そうなると王と王妃という関係は何なのだろう。

「陛下と私は、あくまでも王と王妃という役割を果たしているだけに過ぎないの。本当の夫婦ではないわ」

母が寂しそうに言った。その表情でルークは、母が叔父のことを好きなのだと悟った。好きな人の傍にいたかっただけ、先ほど母が言った好きな人とは叔父のこと。だとしたら、全てを乗り越えて奪っていく、と言ったのは……

「聡《さと》い子は好きよ、ルーク。あの子は知らないわ。けれど、もうあの方の心はあの子にあるの。そしてあの子も……」

その言葉は毒のようにルークの心の中に染みこんでいった。

第七章　次女と新しい家族

セレスを妹のように可愛《かわい》がってくれているエルローズによく似た男性。

オルドラン公爵と呼ばれていたのでまず間違いなく四大公爵の一人だと思うのだが、なぜか義娘とか言われて、正直どうして良いのか分からずに途方にくれてしまった。

そんなセレスに向かって、オルドラン公爵はにっこり笑った。

「いやー、君からしたら僕は不審者だよねぇ。改めて自己紹介するね。僕はオースティ・オルドラン。公爵の一人でエルローズの兄だよ。君のことは妹と、それからユーフェミア嬢から聞いているよ」

「ローズ様のお兄様？」

「そうそう。あー、お父様も良いけどお兄様も捨てがたいなぁ。ローズのようにちょっと勝ち気な妹が兄に対して甘えてくる感じも良いけど、君みたいにふわっとした感じで呼ばれるのも捨てがたい。二種類のお兄様呼びもいいなぁ。ああ、どうしよう、娘として引き取るか、妹にするか」

……弟を持つ身として、ちょっと共感してしまいそうになった。

セレスも大概ブラコンだが、この方には負ける気がする。でも、シスコン度ならディーンも負けていない気がする。

「あの……えっと、お兄様？」

本人がお兄様呼びをお気に召した様子だったので、そう呼びかけてみた。

「うん、妹として引き取ろう」

どうやら正解（？）だったらしい。

万が一、娘として引き取られても、お兄様呼びの方が良いのだろうか。

「ユーフェミアさんから聞いたって、どういうことでしょうか？」

「ああ、ユーフェミア嬢とは十年来の友人なんだ。君が王宮に連れて行かれたから保護してほしいと連絡が来てね。たまたま今日は王城に来ていたから、急いで捜したんだよ。間に合って良かった」

セレスがいた場所は、王族か四大公爵の人間しか入れない。

ユーフェミアがセレスの保護を頼んだのが自分だったから良かったものの、そうでなければ王妃の思うままだったかもしれない。

「ユーフェミア嬢は僕のお気に入りの一人だから、頼まれると嫌とは言えなくてねー。僕とユーフェミア嬢が繋《つな》がっていると知ったらアヤトが嫌がるかと思うと、ぞくぞくするよ」

さっきから思っていたのだが、この方、少々性格に難がある気がする。

「うちの師匠のことは、お嫌いですか？」

「うじうじ兄弟だからねぇ。僕のお気に入りと大切な妹に対して変なこじらせ方をしてくれてるから、嫌いだったんだよ。で、今は、お気に入りを奪っていったヤツとこじらせが過ぎて奪われそうになっているヤツだから嫌い」

現在進行形で嫌いらしい。

お気に入りがユーフェミアなので、奪っていったヤツがアヤトなのは分かるが、エルローズに対してこじらせてる方というのは、アヤトの弟だと教えてもらったリヒトという方のことでいいのだろうか。ユーフェミアから名前を聞いただけなのだが、本人より先に嫌っている方に出会ってしまった。

「あの、義娘、というのはどういうことですか？」

「ルーク殿下がね、君のことをウィンダリア侯爵家から離して、どこかの養女にしようとしていたんだ。その時に僕が君を養女にするって言ったんだよ。セレスティーナ・ウィンダリア、君は当代の『ウィンダリアの雪月花《せつげつか》』だ。下手な人間には、任せられない」

クセが強めの性格の持ち主である公爵だが、国を支える者の一人として聖女の重要性は分かっている。だからこそ、何も知らない王子様がセレスの養女先を探し始めた時、真っ先に手を挙げた。

本人は一応隠していたようだが、エルローズの周囲にいる人間のことは調査済みなので、セレスが『ウィンダリアの雪月花』であることは分かっていた。ならば下手なところには行かせられない。

そして王家の自由にさせるわけにも。

そう思っていたのに、セレスは貴族令嬢らしからぬ早さで逃げ出し、なぜか見事に国王陛下を釣り上げた。

それに彼女を中心に、十年前の事件の関係者が続々と集まっている。ユーフェミアやパメラなんてこの十年、滅多に花街から出てこなかったのに、久しぶりに彼女たちが表に出てきたと思ったら、魅了の香水まで出現した。

「いくら君が女神の愛娘《まなむすめ》であるとはいえ、君自身はただの少女だ。守ってくれる大人は必要だよ。僕みたいな権力者をあごで扱《こ》き使えばいいんだよ」

オースティの言葉にセレスはくすくすと笑ってしまった。

四大公爵の一人をあごで扱き使え、なんて言われても出来るはずがない。それを当り前のように言われたので笑えてきた。

「オルドラン公爵をあごでなんて使えません」

「他人行儀な呼び方だね。ちょっとお父様と呼んでくれないかい？　そっちも捨てがたいからね」

「お父様、ですか？　うーん、人生で一度も使ったことのない言葉です」

実の父に対してだってそんな風に呼びかけたことはない。父親という言葉は知ってはいるが、セレスの中で血縁上の父は父親ではなく侯爵という存在だという認識が強い。

それにさっきは「お兄様」呼びがお気に召していたのに、今度は「お父様」呼びもいいらしい。

「もったいないねぇ。こんな可愛い子に「お父様」と呼びかけられないってことは、人生を無駄にして生きているよ」

セレスがどうやって成長してきたのかも調べてある。衣、はともかく食住は侯爵家から安定して供給されていたようだが、それだって普通の貴族令嬢のものではない。

衣はエルローズがこっそり良い物を使って仕立てているが、動きやすさ重視の服でドレスではない。

侯爵夫妻にとって、次女は存在していない者なのだ。彼女がどれほど特殊な存在だろうが関係なく、セレスティーナ・ウィンダリアという名の少女に心を寄せたことはない。

「まぁ、おかげで僕が最初にお父様と呼ばれる権利を得られたけどね」

確かに年上の人に「お姉様」「お兄様」呼びをすることはあるが、「お父様」と呼びかけたことはない。

「あの、お父様?」

「……いいね。やはり娘として引き取ろう」

さっき妹で決定していなかっただろうか。

妹か娘かは分からないが、どちらにせよオースティはセレスを引き取る気満々だ。

ユーフェミアもアヤトと一緒に引き取ってくれると言っていたが、養父になったとしてもアヤトを「お父様」なんて呼べない。あくまでアヤトは「お師匠様」なので、そうなると確かにオースティしか「お父様」呼びが出来ない気がしてきた。

「僕の子になれば堂々と警護も出来るから、安心安全の生活を送れるよー。うちは代々武官の一族だから、そういう系のが得意な奴《やつ》らが多いし、このお父様に全て任せていればいいんだよ」

セレスには王家の影が割と堂々と護衛に付いているが、オルドラン公爵家の娘ともなればその警護は段違いに厚く出来る。不文律に従いなるべく自由にさせてあげたいが、それはセレスの安全が第一条件だ。王妃が敵対して何か仕掛けてこようが、オルドラン公爵の娘になればそう簡単には手出し出来ない。

「何にせよ、今日は我が家においで。王妃様はしつこいから、万が一ということもあるしね」

「はい。よろしくお願いします」

「素直な良い子だねぇ。アヤトの弟子とは思えないくらいだ」

セレスの安全が確保出来たので、国王陛下も安心するだろう。

好きな子の傍《そば》にいるために一生懸命やっている姿は好感が持てる。

うじうじ兄弟――特に弟の方――もあれくらい必死になってくれていれば、まだ待ってやろうと思えたのだが、いつまで経《た》っても進展しないので、そろそろ可愛い妹の嫁ぎ先の選定に入ろうと思っていた。そんな時に候補の一人がこの国に帰ってきたので、このまま何事もなければ彼の方に許可を出そうと思っている。

「あ、そういえば魅了の香水のことですが」

「さっきも言った通り心配ないよ。国王陛下が魅了の香水は回収すると言っていたから」

「陛下は、香水のことをご存じなのですか?」

「うん。あの方もね、兄君を魅了の香水絡みで亡くしていらっしゃるから、そのあたりは厳しく取り締まると思うよ」

「え？　陛下もお兄様を亡くしていらっしゃるんですか？」

「一般的にはあまり知られていないけどね。王族の死因としてはちょっと外聞が悪いから。君も内緒にしておいてね」

「はい、もちろんです」

魅了の香水絡みで国王陛下の兄君が亡くなられているとは知らなかった。被害を考えると、やはり現物を確認して解毒剤を作っておきたい。ただ、それが国王陛下のもとにあるとなると、一介の薬師である自分が触れるかどうか……。

「君のもとにも届くように手配するから大丈夫だよ」

何も言っていないのだが、お父様に娘の考えは筒抜けになっていたようだった。

◆

オルドラン公爵家の馬車に乗せられて着いた先は、当然ながら彼の屋敷だった。

さすが四大公爵家の一家。

広さも大きさも桁違いだ。ウィンダリア侯爵家だってそれなりに広いが、ここに比べれば可愛いものだ。

「どうした？」

黙ってしまったセレスにオースティが話しかけた。

「いえ、とてつもなく大きいので……慣れなのでしょうが、我が家がこれだけ大きかったら移動だけでも大変だな、と思いまして」

「あはは、そうだね。でも君もオルドラン公爵家の一員になるんだから、今日からここが君の実家だよ」

「……辞退させていただきたいです」

学園にも通っていたし、あまり自信はないが礼儀作法も先生（＝王太后）に習ったので何とかなるとは思う。だけど、こうして視覚から攻めてこられるとこんな大きな家の一員になるとか無理、という感想しか出てこない。

「そう？　皆の憧れ、四大公爵家の一員になれるんだよ？」

「一応、貴族籍は抜きましたが」

「そんなのどうとでもなるよ」

「デスヨネ」

大変良い笑顔でオースティに言われてしまった。

さすが四大公爵家、権力も桁違いなのでセレスの貴族籍など、どうとでもなるに違いない。

「それにうちの子にならなくても、君はそのうち……」

公爵夫人になるんだよ、とはさすがに言えない。言ったところで意味が分からないだろう。

まぁ、ジークフリードの様子とセレスのこの様子から全く発展していないのは分かっているので、遠慮なくいけるというものだ。

「ふむ、そうなるとやはり娘として引き取るか」

妹より娘の方が家長としてより深く関わっていける。

いわゆる「お父さんは許しません」状態が出来る。

一度で良いから「娘が欲しければ僕を倒してからにしろ」というセリフを言ってみたい。

「あら、あなた、何をお悩みなのかしら？」

出迎えてくれたのは、美しい女性だった。

淡い金色の髪を優雅に結わえた年上の女性。オースティは妻に近寄ると、大げさなくらい腕を広げて彼女を抱きしめた。

「やあ、ただ今、クリスティーン。悩んでいたのはこのセレスティーナを僕の娘として引き取るか、それとも妹として引き取るかという二択についてだよ」

「でしたら娘が良いですわ。わたくし、娘とお出かけするのが夢でしたの。妹でしたらエルローズがいますもの。娘が良いですわ」

「そうか、クリスティーンがそう言うのならば娘として引き取ろう」

「ええ、そうしていただきたいわ。ローズとは姉妹コーデで楽しみましたから、次はぜひとも母娘コーデに挑戦してみたいんですの」

ころころと笑うクリスティーンは雰囲気がとても柔らかくて、年齢不詳な感じが出ている。セレスと母娘コーデをしたところで、姉妹コーデにしか見えなさそうだ。

「初めまして、月の女神の娘たる方。わたくしはクリスティーンと申します。オースティ・オルドランの妻ですわ」

「初めまして、セレスティーナと申します」

クリスティーンにもセレスが『ウィンダリアの雪月花』であることがバレている問題は、もうこの際、無視しよう。オースティは知っていたし、娘として引き取るつもりなら母親になるであろうこの方も知っていて当然だ。

「旦那様のおっしゃっていたように、可愛らしい方ですわね。ちょっとお母様って呼んでみてくださいませんか？」

似た者夫婦だった。「お母様」もセレスには縁遠い存在だ。生みの親はアレだし、もう一人の候補は天上にいるので会ったこともない。

「お母様？」

「はい！　まぁ、やっぱり可愛らしいわ。あなた、届け出は娘にしてくださいませ」

セレスが「お母様」と呼びかけると、クリスティーンはセレスをぎゅっと抱きしめてそう言った。

「わかったよ。じゃあ、邪魔が入らない内に届けを出してこようかな。今の時間ならまだ陛下も執務室にいるだろうからね。ああ、心配はいらないよ。陛下とちょっとした内緒話をすれば、すぐにでも許可を出してくれるからね。安心しなさい」

何だろう、この方は国王陛下の弱みでも握っているのだろうか。

噂《うわさ》に聞いた限りでは、当代の国王陛下は弱点らしい弱点は何もない名君と聞いているのだが、やはり四大公爵家の当主ともなればそういうことも知っているだろうか。

などとのんきに国王陛下の弱点《セレスティーナ》は考えていた。

「あなた、言っておきますが、そう簡単に我が家の娘はあげませんからね。我が家の『娘』が欲しければ、言葉でも態度でもしっかりとした覚悟を見せていただかなくては」

「なるほど、ちょうど一緒にいるだろうから、しっかり伝えておこう」

セレスには意味は分からなかったが、オースティにはしっかり伝わった。

オルドラン公爵家には現在、未婚の娘が二人出来た。

セレスはまだいい。ジークフリードの身分は知らないようだが、ジークフリード本人が色んな意味で身辺整理を始めているので、それが終わり次第、すぐにあのセリフを言いに来るだろう。態度でもしっかり示しているし、後は父母としてどれだけ邪魔してやろうかと考えるくらいだ。

問題はもう一人の方だ。

あのヘタレ弟が動かない以上、身分は多少劣るがマリウス・ストラウジの方が何百倍も良い。ストラウジ子爵家は裕福だし、商人としても手広く儲《もう》けているので可愛い妹が苦労することもない。

ちょっとエルローズの心が友情に寄っているけれど、嫌ってはいないのでそこから何とでもなる。

「では、行って来るよ。ああ、セレスティーナ、君の弟くんにはうちから使いの者を出しておこう。本人が望めば今日、ここに来ても構わないよ」

シスコンの弟のことも調べ済みだ。それに一度、なぜセレスがウィンダリア家であれほど認知されにくいのか聞いてみたい。特に彼女の実の父母と姉について聞きたい。

「行ってらっしゃいませ、あなた。セレスちゃんのことは、わたくしにお任せくださいな」

「ああ、頼んだよ」

オースティはクリスティーンの頬に口づけを落とすと、セレスと一緒に乗って帰って来た馬車に再び乗り込んでいった。

残されたのは、母と義娘。

「さぁ、セレスちゃん、お着替えしましょ？」

にこにこしているのに、雰囲気がエルローズのお店の店員さんたちによく似ている。

クリスティーンの笑顔にセレスは着せ替えから逃れられないことを悟り、大人しく彼女とともに衣装部屋へと入って行くと、たくさんのドレスが用意してあった。

「こんな可愛らしい娘が今日、出来るって分かっていたのなら、もっとちゃんとした物を用意したのに。旦那様の連絡不足だわ、叱っておくわね。ここにあるのは私とローズの若い頃のドレスなの。

私はもう着なくなってしまったけれど、時々、こうして必要になるから置いてあるのよ。そうねぇ、セレスちゃんは少し可愛らしい系のドレスがいいかしら。ローズ、のは無理ねぇ」

エルローズのドレスがどれかなんて、一目見ただけで分かる。きっと若い頃からいわゆるドレスが似合う体形だったのだろう。そして趣味全開のギリギリっぽいドレスが奥の一角を占めている。

「ローズ様のは……色んな意味で無理です」

ちょっと落ちこんでもいいだろうか。

若い頃から素敵なボディラインをお持ちだったんでしょうね、と察せられるラインナップだ。

「そうなのよねー。私なんて若い頃はずっとローズと比べられたの。でもね、私にはあっち系の服は似合わないし、趣味じゃないから比べられたところでねーって感じだったかしら」

クリスティーンは何でもないことのように言っているが、当時は相当言われたのだろうと思う。

まして彼女の夫となったのは、エルローズのシスコン兄だ。

「旦那様の目にとまったのも、ローズに全く興味を示していなかったからだそうよ。最初は自分の可愛い妹を無視する人間がいるなんて、って思って近づいたんですって。ひどいわよね」

ぷんぷんと怒っているが、大変良い笑顔だ。オースティがクリスティーンの魅力に虜《とりこ》になっていく様が思い浮かんだ。

魅了の薬なんて使わなくても、こうして自然に人は惹《ひ》かれ合うことが出来る。そうでなくては、今頃、人類はいなくなっていたかもしれない。

「えっと、クリスティーン様」

さっきはノリで「お母様」と呼んだが、本当にそう呼んでいいのか分からず、セレスはクリスティーンを名前で呼んだ。養女の届け出を出してくると言っていたが、どういう関係性を築いていけばいいのかよく分からない。

「まぁ、さっきはお母様って呼んでくれたのに、改めて名前で呼ばれるのは寂しいわ。あ、でも実のお母様もいらっしゃるのよね。じゃあ、クリスお母様とかどうかしら？」

「実の母とはそんな風に呼び合う仲ではないので、一度もお母様って呼んだことはないです。じゃなくて、一応、養女の件はオースティ様にお伺いしましたが……」

王家、それに今は王妃から身を守る為《ため》にオルドラン公爵家の養女になる。

今日は本当に色々なことがあり過ぎて流されるままにここまで来てしまったが、これで本当によかったのだろうか。

「セレスティーナ、本当は貴女《あなた》を守るのはご両親の役目のはずだけれど、貴女のご両親はあのような方々だから、貴女を守れないわ」

残念ながらその通りだ。『ウィンダリアの雪月花』が生まれる血脈である以上、他の貴族たちだってウィンダリア侯爵家に手を出すのはためらう。まして、当代の聖女がいればなおさらだ。本来ならば、両親がセレスを守らなくてはいけなかったのだろう。……放置されすぎていて、そんな光景は想像も付かないけれど。

でもし本当にそうなっていたら、今の自由はなかったわけで、それはそれで困る。

複雑な顔をしたセレスに、クリスティーンはくすくす笑った。

「今のティターニア公爵家は、政治の中枢に近すぎるの。それで貴女まで保護してしまったら、他の貴族の反発を招くだけ。王妃様の実家であるノクス公爵家は問題外。シュレーデン公爵家は王太后様の実家で、今の陛下に近いから却下。幸い我が家はここ何代か王妃を出していないし、それほど政治の中枢に食い込んでいるわけでもないから、貴女を養女にするには最適なのよ」

第二王子に言われたから、とかではなく、最初からセレスティーナ・ウィンダリアはオルドラン公爵家で引き取るつもりでいた。

エルローズの可愛い妹分としてセレスの存在を知り、アヤトは情報が漏れないように守っていたが、肝心のセレス自身が割と自由に過ごしていたので、早い段階で彼女が『ウィンダリアの雪月花』であることは分かっていた。今まで手を出さなかったのは、彼女が市井で楽しそうに生きていて、大半の貴族たちが当代の『ウィンダリアの雪月花』の存在を知らなかったからだ。

だが、ルークがセレスを表舞台に引きずり出した。

学園内でセレスに執着を見せているだけだったのならば、あの血に惹かれている、くらいで済んだのだろうが、その行方を必死で捜し、どうしても手にいれようとしている姿を見れば、誰だって疑問を持つだろう。

そうまでして、王家の男が捜すウィンダリア侯爵家の女性。彼女は、まさか……、と。

先代のアリス嬢は、王家がうまく隠した。

その存在を知らない貴族たちは、先代（実際には先々代）から考えればそろそろ次が生まれるはずだと考えるだろう。そんな中で、第二王子がウィンダリア侯爵家の次女の養女先を探したのだ。

それだけで貴族の中には、気が付いた者もいるはずだ。

セレスティーナ・ウィンダリアは、当代の『ウィンダリアの雪月花』である、と。

セレスに手を出していないのは、近くに色んな意味で怖い公爵家の当主の兄がいたこと。

そして、オルドラン公爵家が彼女を保護しようと動いたからだ。四大公爵家のうちの二つを敵に回す度胸のある者は、さすがにいなかった。

そして今は、違う意味でも彼女の保護が最優先となった。

本当は今日、オースティはその話をしに王宮に行ったのだが、なぜかセレスを連れて帰ってきた。

このまま娘にしてしまえば、堂々とオルドラン公爵家で守れる。もちろん、セレスの今の生活を変えてもらうつもりはない。ただ、何かあった時にオルドラン公爵家の名は役に立つ。

「セレスちゃんを縛るつもりはないの。たまーにこうして家に帰ってきてくれればいいのよ。そして、出来ればわたくしと母娘コーデをしてくれると嬉《うれ》しいわ」

「どうしてそこまで私を守ってくれるのですか？」

一番の疑問はそれだ。セレスは、エルローズがオルドラン公爵家の人間であることは知らなかった。今まで公爵家に関わったこともないのに、なぜ養女にしてまで助けてくれるのか。

「旦那様曰《いわ》く、感謝と贖罪《しょくざい》の為ね」

「感謝と贖罪、ですか？」

「ええ、そうよ。この家に嫁いできた時に真っ先に言われたわ。オルドラン公爵家は、『ウィンダリアの雪月花』に対して大きな借りがあるのだと。聖女を守ることは、最優先事項なのだそうよ」

「何があったのですか？」

大きな借り、と言われてもセレスではないので、過去の聖女の誰かのことなのだろうが、記憶を受け継いでいないセレスでは、どの時代のことかさえ分からない。

「ふふ、それは旦那様が帰ってきてからゆっくり話しましょうね。まずは着替えてお茶にしましょう？」

「……分かりました」

どうやら着替えは絶対のようなので、セレスは諦めて近くにあった明るい青色のドレスを手にした。デザイン的にもおとなしめだし、瞳と同じ青系統なので似合わないということはないだろう。

「これでお願いします」

「ふふ、セレスちゃんの瞳と同じ色ね。なんならこっちのすみれ色のドレスでもいいのよ？」

「え？」

なぜすみれ色のドレス？

瞳に合わせたら青色なのだが、クリスティーンはなぜかすみれ色のドレスを薦めて来た。

「うふふ、まだまだねぇ」

セレスは気が付いていないようだが、すみれ色、つまり紫色はジークフリードの瞳の色だ。

まだセレスはそれを選ばない。手に取ることもなかったので、クリスティーンはセレスの中ではジークフリードはまだ保護者枠なのだと確信した。

「ごめんなさい。その色も素敵よ。ところで、もう髪は黒に染めないの？」

普段、セレスは髪の色を黒に染めていると聞いていたのに、今は染めていないようだ。

「最近は黒だけじゃなくて、金色とかにもしました。ちょっと面白くなってきたので、今度はお父様と同じ赤にでもしたいと思います」

薬師ギルドが開発した染め粉は、ただ今、王都で大流行中だ。オースティも「さすがにあれは薬師ギルドの長じゃないと出来ないねぇ」と感心していたほどだ。

「分かるわ。わたくしもこの間、旦那様とお揃《そろ》いの赤色にしてみたのよ。髪の色一つで気分が変わる感じがして面白かったわ」

「はい。面白いです」

「なら、少しお肌も磨いてみる？」

「お肌もですか？」

「そう。髪と一緒で肌が艶々になったらそれだけで気分が変わるわよ」

そう言われて、セレスもちょっとだけその気になった。

基本、感心があるのは薬草関連のことなのだが、セレスもお年頃の女の子なので、せっかくドレスを着るのならばなるべく綺麗《きれい》な状態で着たい、という思いはある。

「あの、よろしくお願いします」

「えぇ！　旦那様を驚かせてあげましょうね！」

今にも踊り出しそうな感じで、クリスティーンは喜んでいた。

◆

「ふざけるな。何だこの書類は？」

差し出され、さっさと署名しろと言われた養子縁組の書類を見て、ジークフリードはその用紙を握りつぶしそうになった。

「見ての通り、僕と可愛い娘の縁組みだよ。そこに陛下の署名をもらうだけでいいんだけど？」

「なぜ、セレスをオルドラン公爵家の養女にしなくてはいけないんだ」

「なぜって、本当に思ってるのかな？　陛下。セレスティーナが僕の娘になるのは、貴方《あなた》にも都合がいいはずだよ？　何せ、堂々と公爵家の私兵を動かせる、他の貴族が横やりを入れられない、何より身分が釣り合う、の良いことずくめだよ」

オースティの言葉にジークフリードは、チッと舌打ちした。

分かってはいるのだ。

ジークフリードだって、一度はセレスの養女先としてオルドラン公爵家を考えた。

考えた、が同時に義理とはいえオースティが父親になるというデメリットに、その考えを捨てた。

「アヤトのとこはダメだよ。君たちは近すぎる。シュレーデン公爵家はそもそも貴方が継ぐし、ノクス公爵家はもっとダメ。となれば、うちしかないでしょう？」

その通りだ。セレスがオースティの義娘になれば、全てが綺麗に片付く。

ただ、この義父が厄介すぎる。

「ほらほら、おとなしく署名して。仕方ないじゃないか、あの両親では彼女を守れない」

「……仕方ないな」

諦めてジークフリードは養子縁組の書類に署名した。これでセレスは、セレスティーナ・オルドラン公爵令嬢となった。

ウィンダリア家の血を引くオルドラン公爵家の義娘。

この字面だけで、何となく触れてはいけない人感がでるのは何故《なぜ》だろう。

「はい、ありがとう。さぁてと、家に帰って家族と夕食でも食べようかな。あ、そうそう、うちの奥様がはりきって娘のドレスを選ぶって言ってたから、家に帰ったら着飾った娘が見られるかも。楽しみ」

笑顔のオースティに、ジークフリードは何かを投げつけたい衝動に駆られた。

「俺でもまだ、セレスのドレス姿とか見たことないんだが」

「父母の特権だよ。あの子はまだデビュー前だし、婚約者でもない男に娘の姿は見せられないな」

「婚約者ならばいいんだな？」

「娘の婚約者になりたければ、この父を倒してからだよ」

義父が難敵すぎる。

だからこそ、これで下手な貴族はセレスに近づけない。

ついでにジークフリードも近づけない。

「ふふ、ご安心を。セレスにはちゃんと今まで通りの生活を送ってもらいますよ。あの子がそれを望んでいる以上、僕たちは邪魔出来ない。もちろん護衛は付けるし、何かあればオルドラン公爵家の名を出すように言っておきますから」

つまり、身分を隠して外で会う分には、許可を出すということでいいのだろう。

「陛下が可愛い僕の娘に、一人の男として見てもらえる日が来ることをお祈りしておきますよ」

はっはっは、と上機嫌に笑いながらオースティは帰って行った。

◆

「オルドラン公爵家は安全？」

外の雨を見ていたアリスが、ジョセフに突然そう聞いた。

「また唐突だな。オルドラン公爵家なら、聖女たちにとっては安全だろうよ」

何といっても先代の月の聖女に関係する家だ。

もし次に聖女と関わるようなことがあれば、あの家は全力で聖女を守る。

「そう。ならあの子は大丈夫ね」

「次の子か？」

「そう。オルドラン公爵に助けられるの」

オルドラン公爵家がアリスの次の代の子を助けるとなると、その時の公爵は誰だろう？

あの悪人顔の少し年上の青年か、それとも彼の子供か。

どちらにせよ、聖女に危害を加えることはないだろう。

何事もなければ、先代の聖女が嫁いでいたかも知れない家。

「……雨が強くなってきたわ、ジョセフ」

「そうだな」

フランソワーズが用事でいない今、ここにいるのはジョセフとアリスだけだ。

「……きっと、もうすぐ……」

アリスの言葉に、ジョセフは拳を握りしめた。

その言葉は、アリスに残された時間が少ないことを意味していた。

あとがき

『侯爵家の次女は姿を隠す』も三巻目となりました。読んでくださった皆様、本当にありがとうございました。

三巻に収録予定部分を読んだところ、セレスとジークさんが全く会っていませんでした。

まさかまるっと一巻分会っていなかったとは、と自分で驚き、加筆部分でしっかりいちゃつかせようと思っていたのですが、気が付いたらなぜか太陽神様が目立っていました。なぜでしょう……？

出てくる度に太陽神様がおかしな方向に行っている気がしなくもないですが、神様なので基本的には自由な方ということで、とても都合良く使わせてもらっています。

二巻の帯にも書いてありましたが、コミカライズが決定しました。

漫画家さんのラフ画を見せていただきましたが、こんな風に描いていただけるんだと幸せ気分に浸らせていただきました。

自分の書いた小説がまさか漫画化されるなんて思ってもいなかったので、感慨深いです。

そして、いつも素敵な絵を描いてくださるイラストレーターのコユコムさん、ありがとうございました。

オースティがお気に入りとのことでしたが、最後の方でやっと登場しました。

ジークさんに対する高い壁として君臨するオースティを楽しんでいただけたら幸いです。

こうして三巻目まで出せたのは、「小説家になろう」で読んでくださっている皆様、この本を手に取ってくださった皆様のおかげです。

コミカライズに際し、何か不思議だねー、とお互いしみじみとしてしまった担当さん、周りの方にこそっと広めてくれていたKさん、漫画も読むと宣言してくれた幼馴染《おさなな じみ》のY、そしてこの本に関わってくださった全ての皆様、ありがとうございました。

中村《なかむら》 猫《ねこ》

侯爵家の次女は姿を隠す 3

~家族に忘れられた元令嬢は、薬師となってスローライフを謳歌する~

発行 2024年5月25日 初版第一刷発行

著者 中村 猫

イラスト コユコム

発行者 永田勝治

発行所 株式会社オーバーラップ
〒141-0031
東京都品川区西五反田8-1-5

校正・DTP 株式会社鷗来堂

印刷・製本 大日本印刷株式会社

ISBN 978-4-8240-0834-3 C0093

【オーバーラップ カスタマーサポート】
電話 03-6219-0850
受付時間 10時~18時(土日祝日をのぞく)

作品のご感想、ファンレターをお待ちしています

あて先:〒141-0031 東京都品川区西五反田8-1-5 五反田光和ビル4階 ライトノベル編集部

「中村 猫」先生係/「コユコム」先生係

スマホ、PCからWEBアンケートにご協力ください

アンケートにご協力いただいた方には、下記スペシャルコンテンツをプレゼントします。
★本書イラストの「無料壁紙」 ★毎月10名様に抽選で「図書カード(1000円分)」

公式HPもしくは左記の二次元バーコードまたはURLよりアクセスしてください。
▶ **https://over-lap.co.jp/824008343**
※スマートフォンとPCからのアクセスにのみ対応しております。
※サイトへのアクセスや登録時に発生する通信費等はご負担ください。